七つの顔の漱石

出久根達郎

晶文社

七つの顔の漱石

目次

第一部　七つの顔の漱石　9

七つの顔の漱石　10
棕梠竹や　38
図書館が学校　41
装幀・装釘・アラ？　装訂　58
文豪とスポーツ　68
漱石と饂飩と私　70
生きる者のつとめ　77
漱石先生のはがき　92
漱石のデスマスク　102
楽しめる「注解」　106
漱石と相撲　107
塵芥の如し　109
理想的な回答　112
漱石の若い読者たち　116
漱石夫妻の手紙　121

いろんな漱石　132
坊っちゃんの「武器」　135
素顔の「坊つちゃん」　138
漱石の新しさ　140
「漱石学」の一成果　143

第二部　虚実皮膜の味わい　149

虚実皮膜の味わい　――寺田寅彦　150
我こそは達磨大師に　――樋口一葉　171
『本当の』江戸弁　――泉鏡花　178
「非形式主義者」の芥川論　――芥川龍之介と小島政二郎　182
時代は謝ったか　――舟橋聖一　195
ういういしい幸田ファン　――幸田文　209
藤沢周平の「桐」を訪ねて　――藤沢周平　223
漱石夫人の手紙　――あとがきにかえて　238

装画　森　英二郎
装幀　熊澤正人＋尾形忍（POWERHOUSE）

第一部　七つの顔の漱石

七つの顔の漱石

奇抜なタイトルであるが、五十代以上のかたなら、思い当るであろう。ははあ、そういえば、昔、似たようなタイトルの映画があったと。

そう、『多羅尾伴内《たらおばんない》』である。片岡千恵蔵《ちえぞう》である。東映映画である。

「ある時は何々、またある時は……果して、その正体は？　正義と真実の人、何とかだ」

クライマックスで、主人公が放つ決めゼリフである。探偵の多羅尾が、タクシー運転手や中華料理のコックなど、さまざまの職業人に変装して、難事件を解決する。時代劇俳優の千恵蔵が、背広を着て演じたから、チャンバラファンは驚いた。GHQの指導で、封建的な時代劇はご法度《はっと》だったから、映画会社の苦肉の策で製作された。サムライが背広姿に化けただけである。

原作・脚本は比佐芳武《ひさよしたけ》だが、おそらく比佐は、戦前、雑誌『少年倶楽部』に連載され、子どもたちを熱狂させた、高垣眸《ひとみ》の『怪傑黒頭巾』にヒントを得たと思われる。

黒頭巾がやはり、易者や中国人、大道物売りなどに「七変化」する。

千恵蔵の伴内は人気を呼び、映画はシリーズ化された。全部で十一本、作られている。最終篇は一九六〇年の製作である。十三年にわたって観客を湧かせてきたわけだ。せっかく調べたデータなので、ついでに、その十一本のタイトルを掲げておこう。どうでもよいような事柄だけど、それだからこそ記録するに足るともいえる。よほどマニアックな人でもない限り、覚えていないはずだからである。

第一作は、『多羅尾伴内・七つの顔』という。以下、メインタイトルが「多羅尾伴内」で、サブタイトルのみ毎回異なる。そのサブタイトルだけを紹介する。

②「十三の眼」③「二十一の指紋」④「三十三の足跡」⑤「片目の魔王」⑥「曲馬団の魔王」⑦「隼《はやぶさ》の魔王」⑧「復讐の七仮面」⑨「戦慄の七仮面」⑩「十三の魔王」⑪「七つの顔の男だぜ」

このシリーズは、一九七八年に同じ東映映画で、小林旭《あきら》主演のものが一本製作されている。タイトルは、『多羅尾伴内』、二作目が『多羅尾伴内・鬼面村の惨劇』である。原作は千恵蔵主演作と同じ比佐芳武である。

さて、漱石である。

多羅尾伴内も黒頭巾も変装の名人だが、漱石はそうではない。単純に、七つの面を持つ人間である、という意味で、かく命名した。

それは、どういう面であるか。

まず、文豪であること。私たちが漱石の名を聞いてまっ先に思い浮かべるのは、この顔だろう。そして次には、東京帝国大学の英文学教授だろうか。教授から、作家になった。

朝日新聞社から請《こ》われて、専属の作家に職を代えた。明治の時代に、筆一本でなりわいを立てた者は、数えるほどしかいない。森鷗外といえども、陸軍軍医総監づとめの傍らの著作活動である。

作家と教授。では漱石には、あとどんな顔があるだろうか。

意外な顔から、紹介したい。

スポーツマンとしての漱石である。

漱石のイメージといえば、胃病に悩む文豪と決っている。ゆううつな表情をした風貌である。この人は、若い頃から胃の病いで苦しんだ。特に胃潰瘍の吐血で、明治四十三年、四十四歳の夏、人事不省におちいった。療養先の伊豆・修善寺《しゅぜんじ》温泉での出来事なので、年譜には「修善寺の大患」と特記される。命を奪われたのは、これの再発のためだった。

他にも腹膜炎や糖尿病、痔や神経衰弱などをわずらっている。そんな漱石も第一高等中学校や帝国大学学生の時分は、スポーツマンだったのである。

器械体操の名手であった。抜群にうまかった、とは同級生の証言である。

水泳、ボート、乗馬、庭球、登山、野球もそれぞれ並でなかった。ボートは東京から横浜まで漕いでいる。登山は富士山登頂に、二度成功している。野球は親友の正岡子規に勧められたようだ。長じてからは、早稲田と一高の野球試合を観戦し、その文章を残している。好きでなかったら、わざわざ戸塚のグラウンドに出かけないだろう。

相撲も大好きだった。もっとも自ら取り組むのでなく、見る方である。相撲はアート（芸術）だ、と言っている。どんなところが芸術か、というと、瞬間に技を仕掛けるからだそうだ。考えて技を打つのではない。本能的に、打つ。勝っても負けても、一瞬である。どちらにしても、技が決まった瞬間の形の美しさは、何とも言えない。

漱石は午前九時から、夕方の六時まで、開館したばかりの国技館でずっと相撲を見っぱなしの日もあった。

ひいきの力士は、太刀山《たちやま》である。富山の人で、しこ名は故郷の名山、立山《たてやま》から取ったものという。明治四十二年六月に大関に昇進し、翌年の夏場所八日目から四十五年の一月場所、これも八日目に敗れるまで、実に四十三連勝している（当時は十日間興行）。更にこのあと大正五年まで五十六連勝も記録している。明治四十四年五月に、第二十二代横綱に推挙された。

太刀山は、突っ張りと呼び戻しの荒技で有名だった。突っ張りは、「四十五日の鉄砲」と称された。四十五日、ひと月半、つまり、ひと突き半である。三十日の鉄砲でないところが妙味である。

しかし、これらは技巧とは言いがたい。アートと断じるのは如何でしょう、と門弟に指摘された漱石は、そうだな、太刀山の場合は争うところはないからな、と非アートを認めた。

相撲を見物している者は、金に苦労のないような人ですよ、と弟子の一人が皮肉ると、僕も相撲を見ていて、時々、果して人生はこれでいいものかと思うよ、と笑った。

太刀山は胃が悪く、太れなかった。大関に昇進してのち、調子がよくなり、勝ち星を重ねだした。漱石は「同病相憐む」の心から、太刀山をひいきにしたのではないか。

明治三十一年に、相撲の句を二句詠んでいる。

「相撲取の屈託顔や午《ひる》の雨」「夜《よ》相撲やかんてらの灯をふきつける」

器械体操の妙手だった漱石だが、どうしたことか自転車には全く乗れなかった。いや、乗るには乗れたけれど、まるで不器用だった。

明治三十三年、三十四歳の漱石は文部省よりイギリス留学を命じられる。ロンドンで、二〇世紀を迎えた。猛烈な勉強と孤独感、経済上の心配などから神経衰弱になった。ロンドン在留の友人が、気分晴らしに自転車乗りを勧めた。そのてんまつをつづったのが、明治三十六年の雑誌『ホトトギス』に発表された小品「自転車日記」である。

文章によると、自転車を勧めたのは下宿の女主人とあるが、これは話を面白くするための創作で、実際は漱石の門下生・小宮豊隆《こみやとよたか》の叔父だった。この人は中古自転車店に漱石を連れていき、初めて乗るのだからと女用自転車を選んだ。いかに何でも恥ずかしいと、男用に取り換えさせている。

そして下宿近くの馬乗り場で練習する。自転車には生まれて初めて乗るのである。サドルにまたがって、ペダルに足をかけるやいなや、「ずんでん堂《どう》とこける」。友人が後ろから押してくれるのだが、何度やってもうまくいかない。人が立ちどまって笑いながら見ている。そのうち巡査が来て、ここは馬を乗る場所だから、自転車をけいこするなら往来へ出てやりなさい、と注意する。「オーライ謹んで命《めい》を領すと混淆《こんこう》式の答に博学の程度を見せて直様之《すぐさまこれ》を監督官に申出る」。

別の日、今度はゆるやかな坂道をけいこの場所に選ぶ。坂の上から転がしてみよう、という試みである。人のいない時をみはからって、走らせた。

坂の中腹にかかった時、下から女学生が五十人ほど行列を整えて歩いてきた。気取るわけにもいかない。「両手は塞《ふさが》つて居る、腰は曲つて居る、右の足は空《くう》を蹴つて居る、下《お》り様としても車の方で聞かない、絶体絶命仕様がないから自家独特の曲乗のまゝで女軍の傍をからくも通り抜ける」

ホッとひと息つく間もなく、自転車は坂を下りきって平地にある。しかも止まらない(ブレーキのない自転車だったのか?)。

向うの四つ角に巡査がいる。巡査の方に、走っていく。とうとう車道から歩道に乗りあげ、それでも止まらず板塀にぶつかって逆戻りする始末、巡査の手前一メートルあまりで、ようやく停止した。

「大分お骨が折れましょう」と巡査が笑いながら言った。「イヽス」と答えた。

かくて、「大落五度小落《おおおち》は其数を知らず」、ある時は石垣に衝突して向うずねをすりむき、ある時は立木に突き当って生爪を剝《は》がす。「其苦戦云《い》ふ許《ばか》りなし、而《しか》して遂に物にならざるなり」、貴重な留学時間を浪費して、下宿の飯を二人前食っただけ、自分には益なく、勧めた女主人が損したのみである。「無残なるかな」、とこれが結末、女主人をダシにした理由は、落ちをつけるためであったろう。

「人間万事漱石の自転車」と自嘲している。確かに、見る限り、およそ運動能力のない青年（まだ三十代前半である）ではないか。こと自転車に関しては、漱石はスポーツマンと称しがたい。しかし、文面通りに受け取るのも早計だろう。何しろ、文豪の筆である。下宿の女主人を言いだしべえに据えたように、かなり誇張して語っているると見ていい。私は結局、漱石は自転車に乗れるようになった、と解釈している。成功しては話が当り前すぎるので、失敗談に仕立てたと思う。

従って漱石は、やはり、スポーツマンであったとしておこう。

次に、詩人としての漱石である。ひと口に詩と言っても、いくつかの分野がある。まず、漢詩人の顔をした漱石がいる。

漱石は十代の頃から漢詩を作ってきた。岩波書店刊『漱石全集』（一九九三年～）には、現在までに発見された漢詩二百八篇が収められている。晩年の作品は、中国文学の泰斗、吉川幸次郎、入矢義高両氏の学殖をもってしても解釈できないほど難物が多い、とこの全集の漢詩訳註を担当した、一海知義氏が記している。無学の私が論じられるものではない。かろうじて意味が理解でき、私も好きな詩を二篇紹介する。

大正五年十月二十二日に作られた無題三首の中の「一」である。読み下しは先の一海氏による。

元《も》と是《こ》れ　貧家《ひんか》の子
相憐《あいあわ》れむ　富貴《ふうき》の門
一朝《いっちょう》　空腹　満《み》つれば
忽《たちま》ち死して　君恩《くんおん》に報《ほう》ず

一飯を恵んでくれた恩義を忘れず、命を投げだす男を称《たた》えている詩と解して、間違いあるまい。

同年十一月十九日には、こんな詩を詠んでいる。同じく、「無題」。起承句のみ。

大愚《だいぐ》　到り難く　志《こころざし》　成り難《がた》し
五十の春秋　瞬息《しゅんそく》の程《てい》

……

この年、漱石は五十歳である。五十年は、ひと息といっていい短さだという。

翌日の夜、やはり無題で、七言律詩を詠んだ。

真蹤《しんしょう》　寂寞《せきばく》として　杳《はる》かに尋ね難く
虚懐《きょかい》を抱《いだ》きて　古今に歩まんと欲す
（真の道は求めがたく、素直な心で今昔の世界を探ってきた）
碧水《へきすい》　碧山《へきさん》　何ぞ我有《われあ》らん
蓋天《がいてん》　蓋地《がいち》　是《こ》れ無心
（山水の自然には、私心は無い）
依稀《いき》たる暮色《ぼしょく》　月は草を離れ
錯落《さくらく》たる秋声　風は林に在《あ》り
眼耳《がんじ》　双《ふた》つながら忘れて　身も亦《ま》た失い
空中に独《ひと》り唱《とな》う　白雲吟
（見ること聞くこと二つどころか、自分の肉体も忘れ、あの世で独り口ずさむ仙界の詩）

翌日、漱石は知人の結婚披露宴に夫人と出席、帰宅後、加減が悪くなった。二十二日、起き上がれなくなり、重態となり、死に至った。すなわち、これが最後の漢詩となった。

漱石は、お固い詩のみを作っていたのではない。意外なことに、童謡も作っている。「源兵衛が　練馬村から／人根を　馬の背につけ／御歳暮に　持て来てくれた」という書き出しで、全部で六聯《れん》ある。その四聯目は、「源兵衛に　どうだと聞いたら／さうでがす相変らずで／こん年も　寒いと言つた」

タイトルは、「童謡」。

更に意外なことに、色っぽい「俗謡」も試みている。題は、「ある鶯の鳴くを聴けば」。「春がくりやこそ　身を倒《さか》しまに／法と法華経で　憂身《うきみ》をやつす。／花にしやうか　柳に鳴こか。／好いた筧《かけひ》に　水が温《ぬる》んで／羽根も繕《つくろ》へ　のどもうるほせ。／春日春雨　朧《おぼろ》月夜の／其数々を　浮《うか》れ〳〵て／浮世に飽いて　花も散りそろ。／啼《な》いた昔《むかし》は　あら恥かしや。／夢と思への　仰せが無理か／烟《けむ》る柳に　姿をかくす。／かくす柳が　何故にくらしい」

もっと意外なのは、勇壮な戦争詩を作っていることである。タイトルは、「従軍行」。「吾に讐《あだ》あり、艨艟《もうどう》（軍艦）吼《は》ゆる、／讐はゆるすな、男児の意気」「天子の命《めい》ぞ、吾讐撃つは、／臣子の分ぞ、遠く赴く」などと意気高らかなフレーズが並ぶ。「聞りや殿原《しのばら》、これの命は、／棄《す》てぬ命ぞ、弾丸《たま》を潜《くぐ》りて。」という激語も見える。かと思えば、「瑞穂《みずほ》の国に、瑞穂の国を、／守る神あり、八百万神《やおよろずのかみ》」という、およそ漱石らしからぬ言葉遣いもある。

もっとも漱石という人は、町人魂の江戸っ子である反面、主義のためには斬りあいも辞さぬ武士のような気概を持つ男であった。門下生の鈴木三重吉に、自分はこんな思いで文学と取り組んでいる、と手紙で吐露している。

「僕は一面に於《おい》て俳諧的文学に出入すると同時に一面に於て死ぬか生きるか、命のやりとりをする様な維新の志士の如き烈しい精神で文学をやつて見たい。それでないと何だか難をすて、易《やすき》につき劇を厭《いと》ふて閑に走る所謂腰抜文学者の様な気がしてならん」うんぬん。

文学者は入牢でも何でも、進んで苦痛を求めるようでなくてはだめだ、と若い三重吉に教訓している。

漱石には、こんなおどけた詩もある。

「死んだ死んだ／死んでも飯を食ふ／死んだ死んだ／死んでも酒は飲む／飯を食つて、酒を飲んで／話をしながら死んで居る／大方さうだろ、やあい」

難解きわまる漢詩も、とぼけた童謡も、あだな俗謡も、勇ましい軍歌も、ナンセンスな口語詩も、みんな、ひっくるめて、詩人漱石の作品なのである。いろんな形式に挑戦している。連句を応用した詩も試みた。漱石はこれに俳体詩と名づけた。俳句による新体詩という意味である。高浜虚子《きょし》や門下生に勧めたが、さほどはやらなかったようである。

俳体詩と命名した漱石には、当然、俳人としての顔がある。

漱石が何歳ごろから、句を作りだしたのか、よくわからない。全集には、明治二十二年の作が、たった二句載せられていて、これが最初である。漱石は二十三歳、第一高等中学校本科（東京大学予備門）の生徒である。同級生の正岡子規が喀血した。見舞い状に添えた句が、「帰ろふと泣かずに笑へ時鳥《ほととぎす》」「聞かふとて誰も待たぬに時鳥」である。ホトトギスの異称を、不如帰《ふじょき》という。帰るに如《し》かず。これを踏まえて詠んだのが先の句で、幼児が飽きて帰ろうよと泣く情景を使っている。ここにすでに漱石の句の特徴が表われている。俗語や、諺、洒落、むだ口、もじり、常套句などを巧みに織り込み、言語遊戯として句を詠んでいる。情感より表現の面白さが目立つ。

　時鳥の句でいえば、次のようである。

「猫も聞け杓子《しゃくし》も是《これ》へ時鳥」「時鳥名乗れ彼《かの》山此《この》峠」

アトランダムに他の句も挙げてみる。漱石俳句と、ただちに見分けがつく。

「初夢や金も拾はず死にもせず」「去《さ》ればにや男心と秋の空」「湯婆《たんぽ》とは倅《せがれ》のつけし名なるべし」「春風や吉田通れば二階から」「短夜《みじかよ》を君と寝ようか二千石とらうか」「なんのその南瓜《かぼちゃ》の花も咲けばこそ」「冴返る頃を御厭《おいと》ひなさるべし」「しぐれ候《そうろう》ほどに宿《やど》につきて候」「累々《るいるい》と徳孤《とくこ》ならずの蜜柑《みかん》哉《かな》」「某《それがし》は案山子《かかし》にて候雀どの」「一大事も糸瓜《へちま》も糞もあらばこそ」「三どがさをまゝよとひたす清水かな」「善か悪か風呂《ふろ》吹《ふき》を喰《く》つて我点《がてん》せよ」「お立ちやるかお立ちやれ新酒菊の花」

　学生の漱石は、『俳諧故人五百題』という本を読み、急に句が作りたくなった。「馬の背で船漕ぎ出すや春の旅」などと十数句を詠み、正岡子規に書き送った。馬に乗って春の陽を浴び田舎道を歩けば、どこまでも同じような風景が続いて、つい、居眠りをしてしまう。馬と船で奇抜さをねらった言葉遊びにすぎない。

これに対して子規から、三メートル余にわたって細々《こまごま》とした文字でつづった手紙が届いた。懇切に作句の心得が述べられていた。子規はその頃、古今の俳句を独力で分類する計画を立てていた。漱石はこれを聞き、壮図《そうと》を激励した。

以後、漱石は句を作ると、子規に見てもらい添削《てんさく》を受けている。

たとえば、「名は桜倩《さて》も見事に散る事よ」は、子規に、「名は桜物《もの》の見事に散る事よ」と直された。「倩も」の感動詞より、「物の」の方が、はるかに大きい。さすが、である。

もう一句、例を示そう。

漱石の原句。「秋の川故《ゆえ》ある人を背負ひけり」

これを子規は、一字のみ手直しした。「秋」の季語を、「春」に変えた。

「春の川故ある人を背負ひけり」

季節が違っただけで、おもむきが、がらり異なる。秋の川だと、「故ある人」は、厳しい関係にある人物のように思える。義理でやむなく背負うのである。

ところが春の川は逆だ。水もぬるんでいる。負うのは、娘である。あるいは、人妻かも知れない。以前、ちょいとしたいきさつがあった。女の方が遠慮している。何度も勧めたら、ようやく、おずおずと負われた。でも緊張しているのが、背中に感じられる。

といった風なドラマを想像させるのが、子規の添削句である。秋の川は、いかつい老人を思わせ、春の川は、美人を想起させる。

句においては、子規の見識と技量が、漱石より一段まさっているように思う。

明治四十年六月、時の総理大臣・西園寺《さいおんじ》公望《きんもち》が文士招待会を催した。小説に関する話を聞きたい、と三日間にわたって数人ずつ呼んでの宴席で、第一日目に漱石が招かれた。しかし漱石は連載小説の執筆を理由に断った。欠席のはがきに、次の一句を添えた。

「時鳥厠《かわや》半ばに出かねたり」

また、ホトトギスである。この句の真意は、何だろう。いまだに、解かれていないように私には思える。厠は、トイレである。用足しの途中であるから、ホトトギスの鳴く声を聞いても、出るわけにいかない、というのが漱石の句に託した言い分である。

しかし、かなり非礼な句ではあるまいか。漱石はどうしてわざわざこの句を返事に記したのだろう。

漱石欠席と、欠席はがきの句を報じたのは、東京朝日新聞である。当時、漱石は朝日紙に、『虞美人草《ぐびじんそう》』を連載していた。新聞には西園寺の招待状の文面も出ている。招待状はともかく、漱石の欠席はがきの句を、どこで知ったか、である。

本人が朝日の記者に語った、としか思われぬ。漱石はどういう魂胆があって、公表したのだろうか。これが謎の一つ。

次が、句の意味である。

明治時代、東京ではホトトギスは珍しくなかったらしい。でも熊本五高で漱石の教え子であり、俳句の手ほどきを受けた寺田寅彦は、その声を聞いたことがなかった。東京に出てきて三年目の明治三十四年六月十七日、夜、厠で初めて聞いた。「テッペンカケタカ」という鳴き声である。寅彦は感激して、日記に記録した。

「本郷台を、横筋《すじか》交いの初音《はつね》なるべし」

漱石はロンドン留学中である。寅彦は漱石に初音を通報しなかったか。もしくは漱石が帰国後、雑談の折に、持ちださなかっただろうか。この二人は、いつも何でもない事柄を、きわめて真剣に話しあっている。寅彦がそういう性格だからである（本書の「虚実皮膜の味わい」参照）。漱石は寅彦の些細な話題を面白がり、ちゃっかりと小説に取り入れている。ホトトギスの初音は使わなかったが、頭の隅に記憶された。

漱石が幼少の頃、恐らく残っていたと思うが、江戸では大みそかに子どもがトイレに入る時、大声で、「がんばり入道ホトトギス」と唱えた。まじないである。この俗習は次第に大みそかと限らず、日頃も唱えていたのではなかろうか。厠でホトトギスを聞くのは、不吉とされていたのである。

一定の場所を占領して動かぬことを、頑張るという。これから我慢して努力する意味になった。応援の、ガンバレである。

先の唱えごとは、トイレに頑張り入道が入るぞ、ホトトギスは退《ど》け、という意味だろう。漱石はこの唱えごとを知っていた、と類推する。寅彦から話を聞いた時、思いだして語ったのではないか。明治四十年の寅彦日記が失われているので確かめられないけど、私は漱石は寅彦の報告を踏まえて、作句したと考える。この場合、西園寺の招待はホトトギスの声で、厠で聞いた漱石には不吉なこととなる。

漱石にとって権力者のお声がかかることは、忌むべきことであった。そして、予期せぬことでもあった。すぐにもトイレからとびだすべきだが、そうもいかないのである。まじないを唱えたのに、何たることだ、と憤慨している。

というのが、句の本意ではあるまいか。

尚、この文士招待会を断ったのは、漱石の他に、二葉亭四迷と坪内逍遙である。出席したのは、森鷗外、幸田露伴、泉鏡花、島崎藤村、国木田独歩、田山花袋ら十七人だった。以後、大正七年にかけて、「雨《う》声《せい》会」と名づけられて続いている。

次に、教師、教授としての漱石を見てみる。

漱石は明治二十六年七月、帝国大学文科大学英文科を卒業、大学院に進学した。同年十月に、高等師範学校の英語嘱託《しょくたく》になった。週に二回出講し、月給三十七円をもらう。漱石は、二十七歳である。同時に東京専門学校（現在の早稲田大学）で英文学を講義している。

明治二十八年四月、愛媛県尋常中学校に英語教員として赴任する。『坊つちやん』の舞台の松山中学である。松山に居たのは、たった一年、翌年四月には熊本の第五高等学校に移る。栄転である。

熊本には五年居住した。ここで結婚し、長女が生まれた。

イギリス留学から帰ると、第一高等学校の英語嘱託になった。同時に、東京帝国大学文科大学の英文科講師に任命された。小泉八雲の後任である。

明治四十年四月、大学と一高を辞職し、朝日新聞社に入社した。漱石の教師・教授時代はここで終る。二十七歳から四十一歳にかけて、十五年間の教壇生活であった。教え子の数は多数にのぼる。当時のエリート学生だから、後年、いろんな分野で活躍した人間が多い。

それらの人たちの思い出話によって、教師であった漱石の言動を紹介する。全集の月報などで取り上げられたエピソードでなく、これまであまり目に触れなかった逸話を諸書から拾った。

まず一高教師の漱石。語るのは、内科医学者の勝沼精蔵《かつぬませいぞう》である。この人は西園寺公望の主治医を務め、航空医学、血液学の研究で昭和二十九年に文化勲章を受章した。

帰朝直後の漱石の授業を受けた一人で、同級に小宮豊隆、安倍能成、三宅正太郎、芦田均、石坂泰三らがいる。

授業はまじめで、笑い話はしない。

ある時、「先生のこれまでお書きになった作品で、ご自身ではどれが一番よいと思われますか」と勝沼が聞いた。先生、ニコリともせず、

「一番最後に書いたものがよいに決っている。今書いているものは、もっとよい。人間の生涯は、限りなき精進のプロセスだ。君は若いのに、そんな馬鹿なことを訊くやつがあるか」

本の読み方。

「僕は一冊の本を、一回しか読まない。くり返し読んでいたら一生かかっても、たくさん読めない。諸君も本を読む時は、生涯に一度しか読めぬものと思って読め。しかし、この本はと思うものは、字引を見るように何度も読んで、覚えてしまうことだ」

一高の野球試合を見に行きたくてたまらない。代表が漱石に直談判した。明日の英語の時間を休講にしていただけませんか。

「それはいけない。僕は風邪気味だが、校長との約束だから、無理に出てきている」「規則にこだわらなくてもいいでしょう」「君は妙なことを言うね。規則とはこだわるために作られたものだよ」

ところが翌日、学内掲示に「病気休講」とあった。試合を見た次の日、先生が何食わぬ顔で、「間に合ったかい」と言われた。

勝沼と同級生の鶴見祐輔（小説『母』『子』の作者。政治家。和子、俊輔の父）の回想。

いきなり教室に入ってきたかと思うと、挨拶もせず名乗りもせず、「スチーブンソンのアイランド・ナイツ・エンターテインメンツ。これが英語の教科書だよ。丸善で売ってるよ」そう言って出て行った。生徒たちは、あっけにとられた。

授業はそのスチーブンソンの本を、生徒一人一人に朗読させた。半ページずつ読ませる。先生は黙って聞いているだけ。一人がたまりかねて訊いた。「読ませて次はどうするのですか？」

「どうするって、読んでいて不明なところがあったら、質問するだろうと思ってさ」

「質問しようにも全くわかりません」

「そうかい。誰も訊かないから、皆わかっているのかと思った」

歯切れのよい江戸弁だった。

「先生、この、イン・グッド・タイムの意味ですが？」

その時、放課の鐘が鳴った。

「鐘が鳴ると気のきいた先生は、イン・グッド・タイム（時間どおり）に、さっさと教室から出ていきました」と言っておじぎをし出ていった。

一高での漱石の最後の授業を受けたのは、岡本信二郎。岩波文庫のショウペンハウエル

『意志と表象としての世界』を訳したドイツ哲学者である。たった半年間しか漱石の謦咳《けいがい》に接しなかったが、その教えを徳として崇《あが》め、師の没後、毎年十二月九日の忌日には、たった一人で線香を立て、手向けの句や歌を作り、故人を偲《しの》んだ。「あたたかな粥をすすりぬ漱石忌」「枯菊のいぶる匂ひや漱石忌」などと詠んでいる。

岡本は三年生であった。教材は、ジョージ・エリオットの小説『サイラス・マーナー』である。九月が新学年で、第一学期の試験は十二月の中旬からである。漱石の試験問題は、英文和訳が六題出された。半分が教材からで、半分が応用問題である。

この応用問題は、漱石が前の晩に読んでいたらしい書物から抜き取ってきたと思われる文章が並んでいた。岡本の覚えている一問は、「目の粗《あら》い網でバラの花のにおいを掬《すく》おうとするようなものだ」というような文章である。国語の表現能力を見ようという問題であろう。

三問目は長い文章で、アカデミイという単語が入っていた。夜のロンドン橋が出てくる。橋の上に一人のガールが現れる。その後ろから一人のパースン（人間）がやってくる。ガールが身投げをしようとすると、そのパースンが抱きとめる。

先生が言った。「この問題は大学の英文科の卒業試験に出してもいい。僕の問題は単語を知らなくては解けないから、知らない単語があったら手を挙げて聞きたまえ」

一人の生徒が、アカデミイについて質問した。先生がすぐに説明してくれた。こんなに楽しい試験を受けたのは、岡本には初めてのことだった。

一月に二学期が始まると、先生は答案の講評をした。ロンドン橋のガールは、いわゆる夜の女であって、私娼をわが国では「地獄」と称する。それを救うのはパースンの役目である。つまり、洒落になっているのだ。

そう言って先生は、クスリ、と笑った。

「地獄」という隠語を漱石は好んでいたらしく、ロンドンから日本の夫人あての手紙に、「日本人は地獄に金を使う人が中々ある（略）おれは謹直方正だ。安心するが善い」と記している。してみると、地獄は夫人にも通じたわけで、一般に普通に使われていたのだろう。

岡本信二郎はドイツに留学したのち、大正十一年、旧制山形高等学校に、法制経済とドイツ語の担当教官として赴任した。初めての授業を聞いたのが大森志郎で、大森は師の「一人だけの漱石忌」を知るに及んで、これを後世に語り継ぐべきエピソードと考えた。

そこで昭和四十五年に、『ひとりぼっちの漱石忌』と題した三十二ページの小冊子を印刷して、知友に配った。

大森は巻末の「執筆縁起」に、こう書いている。

「この冊子は、漱石を語るもの、として読まれて、すこしも差支はない。明治・大正の青年たちに漱石がどう読まれたかは、文学史上、社会史、思想史に採りあげられていい問題だ。漱石の門を叩かず、葬儀にも加わらず、漱石門下には数えられていない一人の学生が、これほど深く漱石に導かれ、生涯漱石を偲んでいた、ということは、決して軽い事柄ではない（略）」

「教壇を去りたまひたる先生の心をわきて偲ぶこのごろ」昭和四年の漱石忌で詠んだ岡本の歌である。わきては、特別に、ことさらにの意味。

漱石が授業で笑顔を見せなかったことは、大抵の人が証言している。だから、笑ったとなると事件である。

熊本五高の教え子であった国文学者の八波則吉《やつなみのりきち》の思い出。

英語の教科書で、「カナキン」という単語が出てきた。宴会で歌っている場面である。日本だと、ヤアドッコイ、アラ、ヨイショという合の手、あるいは掛け声である。

「ミスター八波、カナキンとは何だ？」と先生。八波、立ち上がって、「布の名でございます」

漱石先生、アハハと高らかに笑った。「これは上出来」とご機嫌になった。

坪内逍遙が冨山房から出版した『尋常小学校　国語読本』巻の五に、「織物の歌」を載せている。「さて木綿地のいろ〳〵は、まずカナキンよ、小倉《こくら》織、ちぢみ、うんさい、ふたこ地や、皆実用の品々ぞ」……

ところで、漱石が二十九歳で赴任した愛媛県尋常中学校校友会誌に、教師から生徒に贈る言葉が載っている。「愚見数則」と題された四百字詰原稿用紙で十枚のこの文章には、漱石の教師観、教育観、ひいては人生や人間に対する見方考え方が、もろに表われていて興味深い。この一文は、漱石、及び漱石文学を論ずる際の根本資料であると考える。

今の学生は（と漱石は言う）、学校を宿屋と心得ている。金を払って、しばらく逗留するという考えである。気にいらなければ、宿を移るだけだ。校長も宿屋主人のようで、教師も番頭か丁稚《でっち》の如く、客の機嫌をとらねばならぬ。客を教育するどころか、自分が首にならなくてしあわせと思う。これでは生徒が増長し、教師の質が落ちるのは当り前のことである。

自分は教育者に適さない。それなのに教師になったのは、飯を食うために一番得やすい職だったからである。こんないい加減な教師でも、お茶をにごして教えられるという事実は、学生がお粗末すぎるからに他ならない。真の教育者を作りだし、これらニセ者を追い出すのは、国家の責任である。立派な生徒となって、私のような者には教師は務まらぬと悟らせるのは、君ら学生の責任である。私が学校から放逐された時こそ、日本の教育が隆盛になりし時と思いたまえ。

「月給の高下にて、教師の価値を定むる勿《なか》れ」

以下、漱石は「思ひ出す事を其儘《そのまま》書き連《つら》ぬ」いていく。

「善人許《ばか》りと思ふ勿れ。腹の立つ事多し、悪人のみと定むる勿れ、心安き事なし」という具合である。たくさん並べてあるが、漱石らしい言辞をいくつか抜きだしてみる。

「人を観《み》ば其肺肝を見よ」　スイカの善しあしは叩けばわかるが、人間の真価はよく斬れる刀で、まっぷたつに割って初めてわかる。叩いたくらいでわかると思ったら、とんだケガをする。

「多勢を恃《たの》んで一人を馬鹿にする勿れ」「厭《いや》味を去れ。詩歌俳諧共厭味のあるものに美くしきものはなし」「妄《みだ》りに人を評する勿れ、斯様《かよう》な人と心中に思うて居れば夫《それ》で済むなり」「事をなさんとならば、時と場合と相手と、此三者を見抜かざるべからず」（この三つを見抜きなさい）「人我を乗せんとせば、差支へなき限りは、乗せられて居るべし、いざといふ時に、痛く抛《な》げ出すべし」

「理想を高くせよ」「理想は見識より出《い》づ、見識は学問より生ず」「人を屈せんと欲せば、先づ自ら屈せよ」

美術評論家、装幀家としての漱石がいる。

漱石の著書の美しさは、同時代のそれに比べて抜きんでている。古書界では、「漱石本」と称し、書物というより美術品扱いをしている。図柄といい、色彩といい、品格といい、美麗さといい、どれも非の打ちどころが無い。「漱石本」は全冊復刻されており、現在、古書店で手頃の値段で入手できるので、私が説明するより現物をご覧いただいた方が早い。ただし、原本は「美術品」であるから高価である。

漱石は本の装幀については、確固とした理念を持っていた。ロンドンで書店めぐりをしながら、その四年前に六十二歳で亡くなった詩人のウイリアム・モリスの本を数多く目にしたはずである。モリスは工芸美術家の顔も持ち、印刷工房ケルムスコット・プレスを設立し、豪華本を世に送りだしていた。自ら装幀し印刷した、それこそ美術工芸品のような書物である。漱石はモリス本に魅了された。

モリスのように自分好みの装幀にこだわった。第一著作集『吾輩は猫である』上篇、定価が高くなって売れなくともいいから、立派な本にしろ、と版元に言ったらしい。

漱石の本の装幀を多く手がけた橋口五葉《ごよう》はモリスに影響を受けている。漱石の嗜好とマッチしたわけだ。

装幀については、本書収録の「装幀・装釘・アラ?　装訂」（58ページ）をお読み願いたい。美術評論家の実績は、「文展と芸術」「太平洋画会」などの展覧会評で明白である。無名の青木繁の「わだつみのいろこの宮」を、誰よりも早く認めただけでも、漱石の鑑賞眼は突出している。寅彦と二人でよく美術展を回っている。

フランスに留学していた洋画家の浅井忠が、帰国前にロンドンの漱石を訪ねてきて、下宿に泊っていった。町を散歩すると、浅井は、あれはいい色だ、これはすてきな色だ、とことごとく色彩のみ評した。浅井の影響で、漱石は水彩画に熱中する。はがきに描いた絵を、知友と交換する。

漱石はまたマンガを認めた人で、岡本一平の著書に序文を寄せている。

文学者としての漱石は、今更ここで語る必要はあるまい。

詩人の中原中也が、昭和二年に、親友の小林秀雄にこんな手紙を書いている。

漱石の『文学評論』を読んだ感想で、「批評家は細々《こまごま》しいことを捉《とら》えて物を言ってはいけない」というポープの言葉が紹介されていて、それだけが面白かった、と述べ、こう続けている。

「夏目漱石といふ人は、日本流の紳士でよっぽど得をしてゐる。その他には常識っきゃありはしなかったのだ。多くの人が買ひかぶるわけがよく分る。燃焼ってものは何処《どこ》にもありはしない。だからといってフォーマリストでもなかったのだ。それでは何だ、能《よ》く暗誦した人の随筆とやらだ（略）」

『元禄忠臣蔵』や『坂本龍馬』『将軍江戸を去る』などの劇作家・真山青果《まやませいか》が、明治四十一年の『中央公論』に、こんな漱石評を発表している。かいつまんで話すと、次のようである。

作家というものは十人が十人、まず文壇の話しかしない。漱石は違う。くだらぬ世間話に興味を持っている。維新の浪人、清国からの遊学生の話、蓄音機のこと、ワサビ漬けの味、等々。そっぽうを向きながら、ポツリポツリと語る。興が乗ると、身ぶり手ぶりをまじえて、舌がなめらかになる。話題は豊富で、常に転変する。皮肉屋である。座談家である。黙って茶を飲み、本を読んで考え込む人ではない。「動く時はどつと動く人だ」。

くだらぬ世間話で思いだした。門下生の内田百閒《ひゃっけん》が書いている。

先生の自宅を訪ねる途中、家の近所で幼い女の子たちが歌いながら遊んでいた。一種の節がついた、わらべ唄のような歌である。

先生は病気で床についていた。女の子たちの様子を語り、あれは何を歌っているのでしょう、歌詞がわかりにくくて、と訊いたら、先生が寝たまま、大声で歌いだした。

「イッサン、バラリコ、残り鬼」

百閒はエッセイの文章を、こう結ぶ。

「外へ出て帰つてくる道みち、寝てゐる先生の云つた節が私の足拍子になつた」

漱石の七つ目の顔は、「市井人としての夏目金之助」であろうか。

金之助が本名で、幼時から中学生頃まで、友だちに「金ちゃん」と呼ばれていた。

金之助は、金を借りに来た百閒に、質屋のシステムを懇切に教えてやった。詳しい説明に、百閒は感心している。

これは漱石夫人の回顧談だが、ある人が揮《き》毫《ごう》してほしい、と漱石に色紙を二枚預けていった。漱石は一枚書いて、相手に送った。ところが、届いたとも、ありがとうとも言ってこない。よく聞くと、相手は二枚預けたのに一枚しか送られて来ない、近く残りの色紙も届くのだろう、二枚揃ったら然るべく礼を尽すつもりでいた、というのである。

夫人からその報告を受けた漱石は、人に一枚の字を書かせようと思ったら、二枚持参するのが礼儀であって、一枚は揮毫した者が取っておいていいことになっている、物を知らない欲ばりには困る、と言った。

市井人の漱石は、市井のことごとに通じていたような節がある。

（本篇は書き下ろし）

棕梠竹や

漱石の書の掛軸があるのだが鑑定してほしい、と頼まれた。

私は古本屋だが（現在は閉店）、本に限らず、紙を用いた物のすべてを取り扱い売買している。書画や手紙なども扱う。むろん有名人のそれである。

ただし、鑑定はしない。先の漱石の書軸も、売るというのではなく私に真物か否か見てほしい、というのである。それは私の任ではないので、丁重にお断りした。

本物かどうか判断を下すだけだから、先さまの依頼に応じてあげればよいのに、とある人に言われたが、鑑定というものは、そのような安易なものではない。へたをすると子々孫々の代まで迷惑をかけることになる。所蔵者だけでなく、業者をも巻きこむ羽目になる。ところが客がそれを私に売りたいというなら、話は別だ。私の判断の結果は私ひとりが背負うだけですむ。だれにも累《るい》を及ぼさない。

要するに自分に利益がからめば、見る目が違う、真剣になるということである。

漱石の場合、正直言って、書や絵の鑑定は私には自信がない。漱石のそれは昔から人気があるだけに、ニセ物が多い。ニセが出まわっているということは、本物が高価だからだ。当然の話だが、ニセ物らしいニセ物は一本もない。本物らしいニセ物ばかりである。

漱石の書の真贋を見分ける法は、いろいろ言われていて、たとえば落款の色だが、本物は、なんでも紙幣をこしらえている大蔵省印刷局（二〇〇三年からは独立行政法人国立印刷局）で使われている印肉と同じものを用いている、というのだが、ニセとどう色が違うのか、その辺の微妙さがわからない。

結局、私は理屈ではなく、感覚がものを言うのではないか、と思う。

書を見た時の、一等最初の印象である。あ、いいな、と思わず手を打つようなら、本物と断じて間違いない。一度ざっとながめて、どうもひっかかるようだったら、おかしいのである。

漱石の場合、この感じがすこぶる強い。本物は見る者の目を、ピシッと打ってくる。漱石の気迫を感じる。ニセ物はこちらを上目使いにうかがっているような筆力である。本物に似せようと、あくせく筆を動かしている感じ。どうしても文字は卑屈になる。

書にくらべれば漱石の書簡は、ニセ物が少ないだろう。ニセ物作りにとって、書簡は手間がかかるわりには、工作が見破られやすいからである。何しろ手紙には宛先人というものがいる。手紙の出所は一目瞭然である。入手した者が宛名の遺族に問い合わせれば、即座に真贋が知れる。

私はだから漱石の書より手紙に、愛着を持つ。ニセをつかまされる恐れがないのもありがたいけど、漱石の場合、手紙の文字の方が親しみを持てるからだ。書と違い、よそいきの筆ではない。日常の、あるがままの漱石が息づいている。文字を間違えれば、そこを消し、正しい文字を書く。あるいは誤った字のまま、文章を続けている。小説と異なり、その文章も実に無造作である。ふだん着の漱石が見られる。手紙の端には、指をなめて紙をつかんだ跡らしい汚れさえある。生身の漱石が感じられるのである。

これは漱石に限らないのだが、すべて書というものは自然体が美しい。改まっての揮毫より、手紙の文字の方が親しめるゆえんである。

先日、ある方から漱石の書軸をちょうだいした。本物ではない。複製である。棕梠竹《しゅろちく》の墨絵に、句が添えてある。

「棕梠竹や月に背いて影二本」

柔らかい、なごやかな筆跡である。茶の間に掲げて楽しんでいる。客は驚いて必ず聞く。

「本物ですか?」

私は得意げに答える。「本物ですよ」

漱石の書には違いないのである。心地よく楽しめれば私には本物なのだ。私だけが愛玩するなら、だれにも迷惑はかからないのである。

『清流』一九九六年六月号

図書館が学校

「古本屋と図書館が自分の学校だった」と語ったのは、司馬遼太郎氏である。

この二つがあれば、独学できるということだ。司馬氏の博大な学識が、両者でつちかわれたと思うと、関係者の私は鼻高々だし、双方の効用は司馬氏がいい例だ、と吹聴できる。

私は古本屋は、有料の図書館だ、と思っている。書物の保存を、客にゆだねる。この点だけが、図書館と異なる。金銭のやりとりがあるか無いか、だ。

夏目漱石は、図書館につとめるのが、若い頃からの夢であった。

明治三十年四月二十三日付の、親友、正岡子規に宛てた「必親展」の手紙で、こう述べている。子規に、「お前さんの将来の目的は何だ」と問われての返事である。

漱石は三十一歳、熊本の第五高等学校の教授であった。

正面切ってそう問われても、明確に答えられないけれども、希望を言えというなら、自分は教師をやめて文学三昧の生活を送りたい。しかし、日々を食わねばならぬ。衣食だけは何とか自分で働いて（ただし教師をのぞく）ととのえ、余暇に好きな本を読み、自由なことを言い、自由な事を書けたらなあ、と思う。

つとめ先といっても、自分は至らない人間だから、行政官や事務官には向かない。

「因《よっ》て先頃郵便にて今回若《も》し帝国図書館とか何とかいふものが出来る様子だから若し出来たらば其方へでも周旋して呉れまいかと中根へ申てやり候処図書館の方は牧野に面会色々聞た処恰《あたか》も松方内閣成立の始めでどうなるやら夢の様な話しなりとの返答中根より到着致候まゝ其話しは今日迄夫《それ》ナリに御座候（略）」

東京図書館と称されていたものが、この年、帝国図書館と改称されたのである。現在の国立国会図書館である。中根は、漱石夫人の父、貴族院書記官長をつとめていた。義父の口添えで司書になろう、とはかったらしい。

図書館の夢は消えずにずっとあったらしく、イギリスに留学中、義父にこんな手紙を書いている。

自分はこういう著書を書くつもりである、と述べた重要な書簡であるが、その中で、とにかく時間と金がほしい、時々は、十万円ほどの金を拾って図書館を建て、その中で著述に専念する夢を見る、と記している。

漱石は留学費の大半を、書物代に充《あ》てた。毎日のように、古本屋を回って買い集めている。下宿の主婦があきれて、あなたは本屋を開くつもりですか、と聞くほどだった。

しかし漱石には古本屋志望の念はない。金銭に潔癖で独特の金銭観を持つ人だから、商売は、関心になかったろう。

図書館の方は別で、亡くなる前の年に、武者小路《むしゃのこうじ》実篤《さねあつ》に宛てた手紙に、次のようなくだ

りがある。（大正四年九月十四日付）

「鵠沼《くげぬま》はもう引上げたのですか。近頃あなた方の連中は吾孫子（我孫子《あびこ》の書き違い）方面に移るぢやありませんか。あなたが吾孫子へ図書館を建てゝゐるといふのは本当ですか」

あなた方の連中、とは、志賀直哉や柳宗悦《やなぎむねよし》など白樺派の人々である。武者小路らは一時、千葉県の我孫子に住んだのである。

漱石と図書館の関係では、次のようなやりとりもある。

大阪中之島公園の府立図書館が、大正四年に漱石に、原稿と写真の寄贈を願い出た。「備えつけたい」というから、特別展示のためでなく、所蔵が目的だったようだ。

漱石は返事をしなかったらしい。再度の要請が来た。漱石は府立図書館員の今井貫一に、「原稿は掲載紙の朝日新聞に渡してしまい、手元に一枚も無く、残念ながら差し上げることができない。また自分の写真は、図書館に備えつけるほどの資格ある人間と、自分で認められぬので、お断りしたい」と手紙を書いた。

漱石は大学教授をやめて、朝日新聞社に入った。月給をもらって、小説を書いた。若い時の希望であった文学三昧の生活に、首尾よく移行したわけである。

漱石は「入社の辞」を、朝日新聞に発表した。この中で大学教授時代の四年間を回顧している。東京帝国大学である。講義の最中は、いつも犬がほえていて不愉快だった、と言っている。自分の講義のまずかったのは、半分は犬のせいであり、自分の学力が足りなかったとは思わぬ。学生には気の毒に思うが、全く犬のせいだから、不平はそちらに持っていっていただきたい。

漱石一流のアイロニーだが、犬は、何かの象徴かも知れない。続いて、大学で一番心の落ち着いた場所は、大学の図書館だった、と述べ、次のように続く。

「然し多忙で思ふ様に之《これ》を利用する事が出来なかつたのは残念至極《しごく》である。しかも余が閲覧室へ這入《はい》ると隣室に居る館員が、無闇に大きな声で話をする、笑ふ、ふざける。清興《せいきょう》を妨げる事は莫大であつた」

漱石はついに癇癪を起こして、学長に書面を以て抗議した。学長は、とりあわなかった。「余の講義のまづかつたのは半分は是《これ》が為《た》めである。学生には御気の毒だが、図書館と学長がわるいのだから、不平があるなら其方《そっち》へ持つて行つて貰《もら》ひたい。余の学力が足らんのだと思はれては甚《はなは》だ迷惑である」

漱石の真意がどこにあるのかは、よくわからない。ただ当時、強度の神経衰弱であったことは、間違いない。そのため奥さんと一時別居している。人の声や物音に異常に敏感だったようである。

図書館員がむやみに大声を発していた、とは、にわかに信じがたい。明治の世であっても、図書館のマナーは、現代と変らぬはずである。いや、現在より厳格だったかも知れない。現に、漱石は自作の『こゝろ』で「先生」にこう言わせている。

「すると突然幅の広い机の向ふ側から小さな声で私の名を呼ぶものがあります。私は不図《ふと》眼を上げて其所《そこ》に立つてゐるKを見ました。Kはその上半身を机の上に折り曲げるやうにして、彼の顔を私に近付けました。御承知の通り図書館では他の人の邪魔になるやうな大きな声で話をする訳に行かないのですから、Kの此所作は誰でも遣る普通の事なのですが」うんぬん。

漱石の小説には、図書館がやたら出てくる。『吾輩は猫である』には、ある男が図書館から出てきたので、勉強ですか、と感心すると、なあに、小便がしたくなったので図書館を利用したのです、と答える場面がある。

これは事実を書いたらしく、漱石のメモに、「図書館を出たら○○君がくる君にして此熱いのに勉強するのは感心ダト思つたら、小便をしに来たのだと云ふ」とあり、抹消している。メモの中で小説に用いた個所は、抹消しているのである。

図書館が大きな役割を果たす小説といえば、『三四郎』だろう。

熊本から上京した三四郎は、東京帝大に通う。佐々木与次郎という学生に教えられて、図書館の存在を知る。初めて入った図書館は、こんな風だった。

「広く、長く、天井が高く、左右に窓の沢山ある建物であつた。書庫は入口しか見えない。此方《こっち》の正面から覗くと奥には、書物がいくらでも備へ付けてある様に思はれる。立つて見てゐると、時々書庫の中から、厚い本を二三冊抱へて、出口へ来て左へ折れて行くものがある。職員閲覧室へ行く人である。中には必要の本を書棚から取り卸《おろ》して、胸一杯にひろげて、立ちながら調べてゐる人もある。三四郎は羨《うら》やましくなつた。奥迄行つて二階へ上《のぼ》つて、それから三階へ上《のぼ》つて、本郷より高い所で、生きたものを近付けずに、紙の臭《におい》を嗅《か》ぎながら、――読んでみたい」

三四郎は一年生なので書庫に入る権利がない。そこで大きな箱に詰まった「札目録」を、背をかがめて、一枚一枚めくって調べる。次々と本の名が出てくる。肩が痛くなるほど、続けた。その日はそれで帰る。

次の日から、本を借りる。毎日、八、九冊必ず借りた。どの本を見ても、誰かが一度は目を通していることを知って、驚く。「それは書中此所《ここ》彼所《かしこ》に見える鉛筆の痕で慥《たし》かである」「此時三四郎はこれは到底遣り切れないと思つた」

ある日、読書中の三四郎は後ろから肩をたたかれる。

「例の与次郎であつた。与次郎を図書館で見掛けるのは珍らしい。彼は講義は駄目だが、図書館は大切だと主張する男である。けれども主張通りに這入る事も少ない男である」

『道草』には、学校と図書館を牢獄にたとえる主人公が登場する。

また、「ケーベル先生」には、先生がこう答える個所がある。

「夫程《それ》西洋が好いとも思はない。然し日本には演奏会と芝居と図書館と画館がないのが困る、それ丈が不便だと云はれた」

漱石が図書館に相当の思い入れを有していたことは、以上の例でおわかりだろう。『三四郎』に、図書館蔵書の書き入れが出てくるが、してみれば、明治時代は現代よりも公徳心が薄かったのだろうか、と驚く。

もっとも漱石自身、大学の図書館で、感動すると、むやみにペンでアンダーラインを引いていた、と告白している。あとで新しい本を買って、取り換えればよい、と思って、引いていたそうだ。

漱石の蔵書には、至るところ漱石の書き込みが見られる。書き込みの文章が、すべて全集に収録されている。「蔵書に書き込まれた短評・雑感」として、四二〇ページも全集に収められている作家は、漱石以外、ない。

「ナンダコンナ愚論ハ」と怒ったり、「左様カ」とうなずいたり、「コンナ長い独言ヲ言フ者がアル者カ」と嘲笑したり、いやはや、おにぎやかである。もっとも、それだけ真剣に書物を読んでいたのだ。

最後に、漱石の句を挙げる。ずばり「図書館」と題して、二句詠んでいる。どちらも、明治三十二年の作。

「韋編断えて夜寒の倉に束ねたる」

「秋はふみ吾《われ》に天下の志」

坪内稔典氏の注解によると、一句目は、書庫の様子を詠んだものという。韋編は、中国で昔、本をとじた革の紐のこと。「韋編三絶」という言葉があり、とじ紐がたびたび切れるほど本を読む意である。

二句目は、図書館で読書する学生の気概を詠んだものだそうで、元の句は、「秋に入って志あり天下の書」という。


私と図書館の出会いは、小学校三年生ごろで、水戸市の県立図書館から、本を載せたバスが毎月一度やってくる。いわゆる移動図書館であった。

父親がこれを楽しみにし、バスが来ると（スピーカーで音楽を流した）、私を連れて出かけていく。

ということは日曜の午後、という理屈になるが、小学校三年くらいまでの私は、たびたび学校を休んでいたから、必ずしもそうと限らない。大体、移動図書館に、同級生の姿を見た覚えがないので、平日だったのだろう。私の休学は病気のためでなく、ご飯が食べられない日は活動できないので、休んだのである。

何しろひどく貧しい生活であった。朝礼では、連日のように貧血を起こして倒れた。栄養失調である。

それなのに父親は、飯よりも本であった。

移動図書館に私をともなうのは、私の名前を使うためである。一人三冊までしか借りられない。父はそれでは物足りない。母や姉の名も使って借りていた。

私も児童書を借りた。読み終ると、父の借りた本も読んだ。読めない文字は飛ばして、読んだ。今でも子供の頃のこの癖が残っていて、私の読み方は飛ばし読み、である。だから、早い。

読み終えた本は、翌月、返す。四年生の時、私は移動図書館で漱石全集と出会い、夢中になった。大人向けの全集であるが、総ルビだから、子供にも読めたのである。

内容が理解できたわけではない。この年頃の通例で、背伸びして大人の世界がのぞきたかっただけである。読むのが面白くて読んでいただけ、ともいえる。

小学校にも図書室があったが、ろくな本がない。六年生に上がる頃には、ほとんど全部読んでしまった。もっとも大した量ではない。

『福翁自伝』に感動し、弁当の時間に、あらすじを皆に語った。皆に聞かせろ、と先生が命じたのである。

私は弁当を持たない生徒であった。貧乏が続いており、年を追ってひどくなっていた。昼食の時間が来ると、教室を出て、一人、校庭のブランコをこいでいた。級友にブランコの確保を頼まれていたのである。

雨の日は、逃げ場がなかった。図書室に一人でいるのは、何か悪い事をしているようで、後ろめたい。雑誌の口絵写真が切り取られていて、大騒ぎになったことがあった。いつも図書室に出かける私は、疑われていたのである。

先生が私の居場所を見つけてくれた。本の朗読と講演である。弁当の時間に、私が教壇に立って行う。終ると先生が、ほうびだと言い、自分の弁当を半分わけてくれた。

医学生時代の諭吉のエピソードを、いくつか語った。書物で読んだ事柄を、適当に脚色して披露した。

学生たちが夕涼みに物干し台に集まる。ある晩、彼らのたまり場を、若い女性たちが占領している。男たちは何とか追い出したい。どういう口実がよかろうか、と相談する。無理を言って女性たちを怒らせたら、あとがこわい。なに、簡単だ。言葉などいらない、と諭吉が言う。

やにわにすっ裸になり、そのまま物干し台に出て行った。女性たちは悲鳴を上げて、いなくなった。

そんな話を、面白おかしく、尾ひれをつけて語ったのである。


中学校の図書室には、さしたる思い出はない。卒業すると、私は上京し、中央区月島の、古本屋の店員になった。

休日（月に二度あった）には、日比谷公園内にある日比谷図書館（現在は、千代田区立日比谷図書文化館）に、朝から出かけた。『広辞苑』を写しに、通っていたのである。

飽きると、地下にある映画館（現在は大ホール）で文化映画を見たりした。昼食は隣の食堂ですませた。

東京に不慣れな少年には、図書館は恰好のひまつぶしの場所であり、学校であり、遊び場であった。しかも金がかからない。何年も通った。

夏休みになると、日比谷図書館は、学生たちで満員になった。朝早く出かけないと、席が取れない。開館前から長い行列が出来ていた。

ある朝、私の前に並んでいた学生が、急に振り返って話しかけてきた。

君はどこの大学に通っているか、と聞いたのである。

私はどぎまぎし、本当のことを言うのが、ためらわれた。列に並んでいる者は、全員といってよいほど大学生である。平日だから勤め人はいない。その頃はどういうわけか、老人の姿がなかった。あるいは日比谷図書館だけの現象かも知れない。場所柄、地域住人はほとんどいなかったろう。

私はある大学名を告げた。教授の名を聞かれたらどうしよう、とおどおどしながら、小声で告げたのである。

すると相手は、今度は、どこに住んでいるのか、と聞いてきた。

これには正直に答えた。全く見知らぬ学生であったが、不思議に相手のぶしつけが気にならない。

学生は自分の名を言い、ついで私の名を聞いた。

「早速だけど出久根さん、ひとつ頼まれてくれませんか」

相手（Kといった）が、急に声をひそめた。

私は一歩、しりぞいた。金を貸せ、とせがまれる。そう思ったのである。

そうでは、なかった。

「さっきからトイレに行きたいんだけど、行列を離れると、また並び直さなくてはいけない。だから、あんたに頼みたいんだ」

私は、ホッとした。

「どうぞ行ってらっしゃい。荷物も番しています」

Kは大きなバッグをさげていた。私はこれを預かった。ところが、よろめくほど、重い。何十冊もの本が詰まっているらしい。たぶん、教科書であろう。学生たちは図書館の本を利用するために並んでいるのではない。勉強部屋がわりに使っているのだ。

Kは、なかなか戻ってこなかった。まもなく私が入館できるころ、ようやく列に加わった。ゲッソリとした顔をしていた。

「ゆうべスイカを食いすぎたんだ」と弁解した。

私は何となくKにくっついて、閲覧室に入った。彼の隣に座った。

Kはバッグから本を取りだし、机上に積み上げた。教科書では、なかった。小説本や、ビジネスマンが読むような経営入門書、それにマンガの本である。十円か二十円で、古本屋が投げ売りするような本ばかりだ。こんな安っぽい内容の本を自宅から運んできて、図書館で読もうという、Kの無神経ぶりに私はあきれ返った。

ところがKが、ニヤリと笑って私にささやくのである。

「これから読むんじゃない。もう読んでしまった本ばかりだ」

「それじゃ、どうするわけ?」

「おいでよ」

くだんの本を二冊ほど手に持つと、書庫に向う。私はKについて行った。

Kは書庫を見回した、と思うと、手にした一冊を空いていた書棚に差し込んだ。もう一冊も、別の書棚に押し込んだ。私に目で合図する。

ロビーに出た。

「どういうこと?」私は聞いた。

「君は梶井基次郎の『檸檬』という小説を読んだことがあるか?」

読んでいない。

「主人公が丸善書店の書棚の上に、レモンを一個置いて、そっと立ち去る。ただそれだけの小説だが、うっくつした主人公にはレモンが爆弾のつもりなんだ」

私はうなずいた。何となく、わかる。

「つまり、さっきの二冊は、おれのレモンなのさ」Kがニヤリと笑った。「毎日何冊かずつ本を運んできては、この図書館に置いているんだ。蔵書を持ち出すんでなく、逆に進呈するんだから、犯罪にはならんだろう？　しかもゴミを捨てるんじゃなく、本を置いていくんだ。咎められないだろう？」

「でも見つかったら何か言われるよ」

「だから用心深くこっそりやっているのさ」

Kが、いたずらっ子のように、小鼻をうごめかした。

「いつの日か、ここの書庫は、おれの本で占領される。おれの本を、見知らぬ者が借りだす。図書館のラベルが付いてないので、係員がびっくりする。絶対に面白いぞ」

Kが声に出さないで笑った。

私には何が面白いのか、よくわからない。

「自分の本を知らない者が読むのが愉快なら、古本屋に売ればいい。同じことだよ」

「古本屋じゃだめだ。図書館だからいいんだ」

「どうして？」

「図書館の本は良書ばかりだろう。おれの本は愚書、つまり梶井のレモンのかわりさ」

「良書がうっとうしいわけだね」

「吹っ飛ばしたくなる。わかるだろう?」

私とKは書庫に戻り、果してさっきの二冊を、誰かが手に取るかどうか、そしらぬ顔をして見ていた。全く場違いの本なのだが、誰も気がつかない。

「一冊や二冊じゃ駄目だ」Kが言った。「すっかり良書に圧倒されて、影が薄い」

Kとはこんなことがきっかけで親しくなった。のちにKが関係していた同人雑誌に加えてもらった。

私たちは日比谷図書館で待ち合わせをし、夕方まで本を読み、それから映画を見たり、酒を飲んだりした。

例の「梶井のレモン」は、その後、いつのまにか、やめたようだ。格別の反応もないので、つまらなくなったのだろう。

しかしKのこのいたずらが妙に印象的で、私の小説の載った同人雑誌が届いた時、私は日比谷図書館にそっと置いてこよう、と考えた。私が生まれて初めて書いた小説であった。同人誌とはいえ、それが活字になった。私は多くの人に読んでもらいたかった。

カバンに一冊忍ばせて、出かけた。けれども、どうしても書棚に置くことができなかった。棚の書物に、拒否されたのである。私の同人誌は、雑誌の形をしているだけであって、読まれるに値するかどうか。

図書館は、本なら何でも置けばよいものではない。書物置き場ではないのだ。そんなことをすれば、破裂する。選別しなければ、ならぬ。

ただし、この選別が、むずかしいだろう。

読者にゆだねるのも一方法で、要望の多い書物を購入する。ベストセラーに希望が集中するのは当然だが、ベストセラーの面倒までみる必要が図書館にあるかどうか。

たとえば、今は「ブックオフ」など、いわゆる新古本屋が至る所にある。ベストセラーは格安で売っている。ちょっと時期が過ぎれば、百円で買える。

この値で求められる本を、図書館が備えなければならないものかどうか、だ。むしろ高価な本を購入すべきだろう。

不用の書の処分も、むずかしい。

近頃はリサイクルということで、図書館払い下げの本を、住民に提供している。それはいいことだが、いつぞや、こんなことがあった。

古本屋に売りに来た本の中に、図書館印のついたものがあった。これは引き取るわけにいかない、図書館に返してほしい、と言ったら、先のような理由で入手したものだと答える。

客を信用したいと思うのだが、図書館が横着したのか印もれか、廃棄印がどこにも押してないのである。

またある時、持ち込まれた本には、きちんと廃棄印がついていたが、廃棄の理由が何なのかわからない。

本は、汚れのない、森銑三《もりせんぞう》著『明治東京逸聞史』一、二巻であった。まだ新しいのも道理、後ろの貸出票を見ると、二人しか借りていない。十年の間に、二人である。

恐らく廃棄の理由はこれかと推量したが、図書館が貸出の人数で、本の生死を決めるものだろうか。

人気がないから処分するのはやむを得ぬとしても、本によりけりだろう。森銑三のこれは、名著の評判が高い。名著は、保存すべきだろう。

廃棄本の大半は、手垢にまみれている。

私は漱石の句を思い浮かべるのである。

「韋編断えて夜寒の倉に束ねたる」

ボロボロになった本だけど、それだけ愛されて読まれたわけで、本にとっては、しあわせというものだろう。私は漱石が感じるような哀れを感じない。

現在の私は図書館に出かけることは、めったにない。しかし、私にもまた、図書館と古本屋が、自分の学校だったな、としみじみ思うのである。


『図書館の学校』No.2　二〇〇〇年二月号

装幀・装釘・アラ？　装訂

「本は文明の旗だ」と言ったのは、版画家の恩地孝四郎である。恩地は書物装幀家としても著名で、多大の業績を残した。

古くは、大正六年刊の萩原朔太郎『月に吠える』や、室生犀星の『性に眼覚める頃』（大正九年）を手がけ、晩年は、筑摩書房の『現代日本文学全集』（昭和二十八年）で知られる。最初の装幀作品は、明治四十四年刊、西川光二郎の『悪人研究』である。二十歳の時であった。昭和三十年、六十三歳で亡くなるまでに、五百七十点ほど装幀している。

恩地のいう、「本は文明の旗」の意味は、こうである。

「旗は必ずしも生活必需品ではない。少くとも食衣住のような意味での必需品ではない。衣食足りて礼節を知るの礼節みたいなものだ」

生活に潤いを与えるためのもので、潤いとあらば、快い体裁であるのが望ましい。旗は美しくなければならぬ。そこに装幀の意義がある。

恩地は装幀を装本といっている。書物の形を装本家の眼で次のように見ている。

まず表紙は、門構えである。門を見て訪客はその家の性格を知るのである。見返しは、門から玄関への敷き石道ということになる。扉は、玄関である。書名と著者名と発行所名

（標札）が出ていて、著者に挨拶することになる。
目次、これは玄関から上がって客間に通されるまでの、襖《ふすま》みたいなもの。そして、本文。客間である。奥付、これは何に当るのか、恩地はたとえていない。見返しを経て、裏表紙に至る。裏表紙は、いわば裏門で、あっさりしている。出版社のマークがあるだけ（現在はバーコードもある）。

恩地の装本目録を見ると、北原白秋、室生犀星、吉田絃二郎のものが多く、特に吉田絃二郎は、大正十年刊の『小鳥の来る日』以降、四十七冊も手がけている。吉田の著作の大半を装幀しているのではあるまいか。

古風な感傷的自然主義の作家と、モダンで都会的センスの装本家との組み合わせは、意表をつく。

恩地と吉田のような作家と装幀者の意外なコンビは、他にいるだろうか。

いや、それより、どのようなコンビがあるだろう。たとえば夏目漱石と橋口五葉《ごよう》のように、世上に知られたコンビネーションである。

たとえば芥川龍之介と小穴《おあな》隆一がいる。たとえば武者小路実篤と岸田劉生がいる。泉鏡花と小村雪岱《せったい》がいる。尾崎士郎と中川一政がいる。大佛《おさらぎ》次郎と苅谷深隍《かりやしんこう》。長田幹彦と竹久夢二。吉屋信子と中原淳一。

思いつくままに挙げてみたが、もちろん他にもたくさんあるだろう。

ところで作家は自著の装幀に、どのような関心を持っているのだろう？　装幀者への注文を見てみる。

まず漱石。橋口五葉に『吾輩は猫である』を依頼した。この小説を『ホトトギス』に連載中、五葉が挿絵をつけていた。「僕の文もうまいが君の絵の方がうまい」とおだてている。お世辞でない証拠に、単行本の装幀を頼んだわけである。

「昨夜は失礼致候其節御依頼の表紙の儀は矢張り玉子色のとりの子紙の厚きものに朱と金にて何か御工夫願《ねがいたくまず》度先は御願迄　匆々拝具」

明治三十八年八月九日付のはがきである。『吾輩は猫である』上篇は、同年十月六日に発行された。菊判、二方アンカット、天金、カバー装である。

淡いクリーム地のまん中に、左右相称の白猫が朱色で描かれ、そのカットの上方に、篆書《てんしょ》風のタイトルがある。文字は金の箔押しである。カットと書名は、一見、蔵書票のようである。つまり、漱石の要望通りの装幀であったわけだ。明治の本にしては、きわめてハイカラである。漱石は序文で、労をねぎらった。すなわち、「此書を公けにするに就て中村不折氏は数葉の挿画をかいてくれた。橋口五葉氏は表紙其他の模様を意匠してくれた。両君の御蔭に因《よ》つて文章以外に一種の趣味を添へ得たのは余の深く徳とする所である」

『吾輩は猫である』の中篇は、翌年十一月に発行された。装幀は、同じく五葉である。表紙の体裁は上巻と似ている。まん中に猫の絵が金色の箔押しで、絵の右側に「吾輩ハ」とあり、左に「猫デアル」と、判このように枠で囲み朱で印刷されている。

漱石の評。「今度の表紙の模様は上巻のより上出来と思ひます。あの左右にある朱字は無難に出来て古い雅味がある。（上巻の金字は悪口で失礼だが無暗にギザ〳〵して印とは思へない。）総体が淋しいが落ち付いてゐると思ひます。扉の朱字も上巻に比すれば数等よいと思ひます。ワクの中にうまく嵌《はま》つてゐる様に思はれます」

同書の下篇は、明治四十年五月に発行された。同じく五葉装、円の中に座った猫の絵が金色の箔押しで、円内の左右に書名が朱で描かれている。この下巻についての漱石の感想はない。

その後、五葉は『虞美人草《ぐびじんそう》』（明治四十一年）、続いて『草合《くさあわせ》』（同年九月）を装幀する。『草合』は、花と葉のデザインで（アジサイか?）、多色刷に漆を重ねている。

漱石は「表紙奇麗に且《かつ》丈夫さうに見え候」とたたえ、ただし、収録作品中の、「扉『坑夫』の方は甚だ面白く拝見致候へど野分の結婚の方は少々不出来と存候大兄御自身の御考は如何に候や。有体《ありてい》を申せばあの方は増版の時に何とか御再考を願はんかと我儘な事を希望致し候がどうでせうか」と忌憚のない意見を述べている。

「野分」の「結婚の方」とは、背広にオーバー姿の男性が、束髪に和装の女性と木の下に立っている図である。男性は鼻下に髭をたくわえている。どこやら、若き漱石先生に似ていないでもない。漱石先生の不興は、その辺にあったかも知れない、という気がする。

果して再版で差し換えられたのかどうか、清水康次氏の「単行本書誌」（漱石全集第二十七巻所収）には、「二版は、初版と同じ紙型を用いた重版である」とのみ。扉もそのままだ、ということだろうか。

明治四十二年五月刊の『三四郎』も五葉装である。漱石の評。

「表紙の色模様の色及び両者の配合の具合よろしく候／然し文字は背も表紙もともに不出来かと存候／小生金石文字の嗜好なく全く文盲なれど画家にはある程度度《（ママ）》此種の研究必要かと存候、尤も大作を以て任ずる大兄に対して挿画家もしくは図案家に対する注文抔《など》持出しては御叱りあるべけれど、此は研究のみならず娯楽としても充分面白き業かとも存候」

とりあえず御礼かたがた「無遠慮なる悪口」申しあげた失礼はお許し下さい、と結んでいる。

漱石は書に一家言を持っており、好みははっきりしていたようである。後年（大正三年）『こゝろ』を出版した時、装幀は自分でした。五葉の兄の貢から贈られた石鼓文《せっこぶん》の拓本を用いた。岩波書店版の漱石全集の表紙は、これを踏襲している。函《はこ》の牡丹の図案、見返しや扉の絵も漱石が描いた。ふとした動機から自分でやってみる気になった、と序文に記している。

漱石の自装本は、もう一冊ある。大正四年刊の『硝子戸の中』である。また、『文学評論』（明治四十二年）も漱石発案の装幀と考えられている。

漱石には文庫の大きさの、いわゆる縮刷本がたくさんあるが、こちらの装幀は、おおむね津田青楓《せいふう》が担当している。青楓の装幀を評した文章は見当らない。

漱石が本の装いに、並々ならぬ関心を寄せていたことは、たとえば有島生馬に宛てた手紙からも、一端がうかがえる。
有島生馬は武郎の弟で、画家・小説家である。著書『蝙蝠の如く』を贈られた漱石は、現在多忙ですぐに読めない、手がすいたらゆっくり拝読します、と礼状を認《したた》めた。一カ月後、読了した、という手紙を有島に送っている。漱石という人は、実に律儀で、決してお座なりを言わない。手がすいたから、読んだのである。読んで感想を述べた。満足した、それを伝えたかった、と記している。愛読書の一冊として架蔵する、と謝意を表したあと、「失礼を申上げるやうですがあの装幀丈は不服であります。もう少し内容と釣り合った面白いものにしたらばといふ気がしてなりません」と加えている。『蝙蝠の如く』は生馬自身の装幀であった。だから、わざわざ言い添えたのである。

また内田魯庵から、彼の翻訳になるトルストイの『復活』を送られた礼状に、『訂装（装訂）は流石《さすが》に魯庵君一流の嗜好と感服致候、函の色、形、貼紙、の具合甚だ品ありて落付払ひ居候。本書表紙も清雅にて頗《すこぶ》る得吾意（わがいをえ）申候但表紙の復活の二文字は不賛成に候。あれは小生なら寧《むし》ろ白の儘に致し置可申か。バックは無異議候（略）本文を少しも賛《ほ》めないで表装許り云々致し候甚だ失礼御免被下度候」

やっぱり文字にこだわっている。

話は外れるが、漱石全集への要望として、先の有島の例といい、こういう手紙の注解欄には、書物の図版がほしい。『蝙蝠の如く』の表紙絵や、『復活』のタイトルが見られれば、漱石先生の意見の理非が、たちまち判断できよう。興味も、いや増すと思うのである。

ところで、こうして漱石書簡を書き写していて気づいたのだが、漱石は、装幀、装釘、装訂（訂装）と三通りの文字を使っている。どれも誤りではない。『広辞苑』は、本来は装訂が正しい用字、としている。

漱石の門下生である芥川龍之介は、「装幀」を用いている。芥川の装幀に就ての意見。

「日本のやうに機械の利用出来ぬ処では十分な事は出来ないでせうが、兎に角もつと美しい装幀の本が出て好いと思ひます。装幀者、印刷工、出版書肆《しょし》に人を得れば、必しも通常の装幀費以上に多分の金を使はずとも、現在行はれてゐる装幀よりもずつと美しい装幀が出来る筈です（略）」

その点では自分には、小穴隆一という装幀者がついているので幸せである、と雑誌のアンケートに答えている。

同じく漱石門下の寺田寅彦もまた、装幀に人一倍の関心を持っていた。こんな手紙を小林勇に書いている。小林は岩波書店をやめ、鉄塔書院を設立、寅彦の著書『萬華鏡』を出版した。その印税受領証と共に寅彦が宛てたものである。

「松坂屋の装釘展覧会一見、面白き催しと存候　此次の開催には多分鉄塔書院刊行物が異彩ある装釘の参考品として陳列さるゝ事を期待致居候」

寅彦は、「装釘」派である。「異彩ある装釘の参考品」とは『萬華鏡』のことと思われる。

これは手早く言えば自慢であろう。小林によれば寅彦は、「装幀をするのが楽しみだから、本を出すのだ」と語っていたという。自装派である。

従って、人の著書の装幀も買ってでた。たとえば親友の小宮豊隆が、大正十二年、ベルリンに発つに当り、小宮の著書三冊が出版されることになった。この出版の労を執ったのも、寅彦と思われる。小宮に手紙で装幀の腹案を述べている。

「表紙其後の案では三冊とも鳥の子紙を染色したやうなのを使つて、色は日本文化が青磁色、批評集がチヨコレートブラウン、落葉の方が沈んだおれんぢといつたやうな取合せも如何と存じます。背にはる紙も場合によつたらほんの心持ちだけ色をもたせると面白いかも知れません」その例として、青磁には薄黄土か肉色、チョコレートにはレモン色か朱、オレンジには薄水色か紫を取り合わせる。鳥の子紙でなく布装もよいが、色彩の自由がない。またプリントの色は感じがよくない。

寅彦は非常に色彩にこだわったようである。

色彩といえば、若い時、画家になろうとして橋本関雪の門を叩いた井伏鱒二の、装幀者の代表は、硲《はざま》伊之助ということになろうか。

その井伏は「装幀」表記派である。「紙や表紙のこと」という昭和八年の短文で、こう述べている。

「私の好みからいへば、書物はツカや版の大きさにしたがつて重みのあるのがいい」

ただし、アート紙は好まない。「アートの重みはぎすぎすしてゐて不自然な感じである」

コットン紙も好まない。毛羽立つ手ざわりが親しめない。和紙の本文はよいが、外国製の厚紙の表紙は不調和である。表紙も和紙であるべき、あくまで頑丈な表紙を付けるのなら、派手な絵を描いた帙《ちつ》に入れたらよい。

「書物の出来栄えは、決して経常費に支配されるものではない。計画しないのに案外にもすてきな出来栄えの書物が出来あがることがある」「一たん装幀者に依頼したが最後、運命に任すよりほかはない。（略）誤植がなくて奥附がついてゐれば、購買者に迷惑はかからないのである」

別の文章で、あの作家は装幀運がいいとか悪いとかいう下馬評のことを書いている。林芙美子は、小説は面白いが装幀運の悪い人だ、という風に用いるのだそうである。

井伏はこの年の「理想の造本」というアンケートに、次のように答えている。

「普通の大きさの判で普通の活字で、誰が見てもこれは普通だと思ふやうな本が私の好みであります。しかし純粋に普通な本は、なかなか見つかりません」

最後に、国木田独歩の「書林に向ひての二注文」を紹介する。明治二十五年『青年文学』第九に、「鉄斧生」の署名で発表された。時に独歩国木田哲夫は二十一歳。

二つの注文の一とは、出版社に義俠心を訴えたもの。作者が自ら好著と信じ出版を託したものが、時流に合わぬ内容である場合。また第一巻が出版され、売れ行きかんばしからずも、評者が傑作とたたえる場合。それと、無名少壮の作者に対しては、「出版者たるもの殊に義俠心なかる可からず」
その二。現今の本代が高すぎる、特に小説が高価（このころ春陽堂発行の小説本の定価は、白米三升の値、一カ月の風呂代、大新聞一カ月の購読料に相当する、と彼はいう）。

小説を読む層とは、どんな者たちかというに、地方なら地主。都会なら所得税を納め得る家、しかも歌舞伎の雑誌がその辺に散らかっている家に限る。官吏なら年俸一千円以上の者で、うんと若い細君または老人のいる家、しかも書生がいて読み聞かせる家に限る。その他、文学者、新聞社。

高価なために読まれぬ、売れぬ。何より悪いのは学生若者が買えないこと。文学に関心あるは青年学生にしかず。「之《こ》れ真正の読者を捨つるものと謂《い》ふ可《べ》し。豈《あ》に忍ぶべき事ならんや」

ゆえに我思う（ここから本題の装幀論である）「表紙を華美となすが如きは、代価を高むるの元なれば、製本は万事質素となし以て値を低くせば之れ実に四方の利ならん。彼の表紙に趣向をこらすなどは、作者及び出版社の一種の自慢にして、之れ只だ書庫外飾家の材料たるに過ぎず」

何のことはない、装幀不要論である。独歩氏は以上の論を次の一語で締める。「愚なる事なり」

『本の話』二〇〇〇年三月号

文豪とスポーツ

「文士」と称された明治大正時代の小説家は、写真を見ると、いずれも、やせて病的な、神経質らしい顔をしている。

事実、病弱の文士が多かった。たとえば文豪とうたわれる夏目漱石は、若い時から胃弱に悩み、生涯を通して苦しめられたあげく、結局、胃潰瘍で五十歳で亡くなっている。漱石の写真は、どれも苦々しい表情をしている。

その漱石が、大学時代はスポーツマンであった、と聞いたら、誰もが驚くだろう。大抵のスポーツを、こなしていたようである。ボートの選手でもあったし、器械体操の名手でもあった。乗馬も庭球も、弓も野球も水泳もやった。イギリスに留学中は、下宿で若い女性とピンポンに興じている。ピンポンと、のちの文豪とは、イメージが容易に結びつかない。このころ、レスリングの試合を、高い入場料を払って見物に行っている。

晩年は、もっぱら相撲と野球観戦だった。特に相撲は、連日、国技館に出かけるほど熱心だった。野球は、たぶん、親友の俳人・正岡子規の影響である。子規は子供のころ「青びょうたん」とからかわれるほど、病的な青白い顔の弱虫であった。二十二歳で喀血し、血を吐くような鳴き方をするホトトギスに、自分をなぞらえて、子規と号した。子規はホトトギスの異称である。三十六歳で亡くなったが、一生の三分の一を寝たきりで送った。

そんな子規だが、発病前は、そのころ伝わったばかりのベースボールに夢中だった。このスポーツをわが国に広めた功労者の一人である。子規はベースボールを弄球《ろうきゅう》と訳した。ピッチャーは投者で、キャッチャーは攫《かく》者である。ショートが短遮《たんしゃ》で、レフトが場左《じょうさ》、センターは場中《じょうちゅう》、ライトは場右《じょうゆう》である。子規のこれらの訳語は定着しなかったが、死球や打者や走者、飛球や直球は現在でも使われている。「若人《わこうど》のすなる遊びはさはにあれどベースボールに如《し》く者《もの》はあらじ」と野球讃歌をいくつか詠んでいる。若者の遊技は種々あるが、野球のすばらしさにまさるものはない、と手放しで称えている。

子規は故郷の松山に野球を伝えた。野球が縁で、高浜虚子と河東碧梧桐《かわひがしへきごとう》という二人の後継者を得た。二人はそれぞれ俳句界の重鎮となる。漱石は若い門下生たちに、相撲はアートだと熱っぽく説き、相撲の魅力を語った。

日本の近代文学は、スポーツによって生まれた、といったら言い過ぎだろうか。少なくとも文豪たちは、スポーツの魅力に一度は浸った人たちなのである。


『スポーツ・フォア・オールニュース』41号　二〇〇一年三月

漱石と饂飩と私

気の置けない者数人が集まって、他愛のない話に興じていた。「最後の晩餐」に何を食べるか、めいめいが一品ずつ、望みのものを挙げていたのである。私が饂飩《うどん》だと言うと、皆が笑った。「欲が無いねえ」と一人が、ひやかした。

しかし、人生の最後に心置きなく食べたいと思う物は、日頃食べなれている物に違いないのである。そして大の好物である、となれば私には饂飩以外に無い。

いや、厳密に言うと、麺類なら何でもよい。冷麦でも素麺でも、スパゲッティでも、ラーメンでも、おしなべて大好きだが、強いて一品と限るなら、饂飩ということになる。

麺を挙げた者は、私以外に二人、いた。どちらも蕎麦である。饂飩は私だけである。

私が気になったのは、蕎麦と言った二人は、当然のように皆に認知され、私のように笑われなかったことだ。蕎麦の方が、偉いのである。饂飩は、どうやら一段低く見られているらしい。

と私はひがんでしまったが、私にはどうやら蕎麦コンプレックスがあるようだ。

東京に出てきたばかりの頃、昭和三十年代半ばであるが、東京には饂飩屋というものが無い。蕎麦屋ばかりである。蕎麦屋のメニューには、後ろの方に饂飩も記してあるのだが、店内を見回しても饂飩をすすっている客は、まず居ない。饂飩を注文するつもりで入った私は、おどおどしてしまった。

日本酒を飲んでいる客がいる。ザルを肴にしている。「おねえさん、もう一枚頼むよ」などと誂えている。

「何にします?」切り口上でうながされて、田舎っぺの少年は、あの、と口ごもりながら、壁のお品書きを指さした。

「えっ、何ですか?」聞こえなかったらしく、もう一度言わせる。

「あの、キツネ饂飩を……」

「蕎麦でなく、饂飩ですね」大声で念を押す。

「ええ、キツネ一丁。饂飩の方」と奥に通す。

店の客が、いっせいに顔を上げて、私の方を見たような気がした。

あの当時は、蕎麦屋で饂飩を頼むのは、勇気を要することだった。もっとも私が入った蕎麦屋は銀座の老舗であったが。有名な蕎麦屋の、では饂飩の味は如何? と試してみたのだった。味の記憶がないのは、まずかったせいでなく、上気していて何が何だか夢中だったからだろう。

子供の時分、わが家は米を買う金が無く、精米所で屑饂飩というものを格安でわけてもらって、それを毎日食べていた。饂飩の切れっぱしである。精米所では饂飩も打っていた。

子供の私は、饂飩というものは、三、四センチのものから十二、三センチの、寸法が一定しない、しかも中には幅広のもの、極細のものなど混った、見場の悪い食べ物だと思っていた。大体、饂飩を「ごはん」だと思いこんでいた。母が「さあ、ごはんだよ」と言って、三度三度、饂飩を食膳に上《のぼ》せたからである。

数年前、桜井市（奈良県）の長谷寺門前のみやげ物屋で、三輪素麺《みわそうめん》の裁《た》ち切れを、ビニール袋に詰めて売っていた。確か、「ブシ」と書いてあったと覚えているが、素麺を竿に掛けて干す、その掛けた部分のU字のかけらである。売店の主人が、味噌汁の具に使うと乙《おつ》ですよ、と言った。私は具なんてもったいない、主食にするつもりで五袋求めた。粋狂な客もいるものだ、と内心驚いたに違いない。ずいぶん安いものだった。買うには買ったが、持って帰る時、難儀した。素麺のかけらだから、こわれてもいいようなものだが、形が無くなっては、「ブシ」と家族に説明できない。普通の煎餅は運びやすいが、こわれ煎餅の袋は扱いづらいのと同じである。

「ブシ」は何より、お袋が喜んだ。

「今でも屑饂飩を売っているんだねえ」

「これならバアさんも食べやすいだろう」

お袋は年を取るにつれ、長い饂飩をすするのに、苦労していた。すする力が、無い。

わが家では、一日に一食は麺類である。大抵、饂飩か冷麦、または素麺で、私も母親も昔からなじんでいるものだから、主食にしている。年寄りの食べやすいように、茹でる前に、調理鋏で、三、四センチの長さに切る。「ブシ」である。それを茹でたあと、すくい上げて、今度は私ども夫婦用に、普通の長さの麺を入れて茹でる。それでもお袋は、「昔の饂飩の方が食べやすかったねえ」と言う。お袋の頭にある饂飩は、あくまで短い屑饂飩なのである。おそらく長い麺は、死ぬまでニセものだと認識していたに違いない。

うどん供へて、母よ、わたくしもいただきまする

種田山頭火の句だが、わが家も母の命日には、ぶつ切りの饂飩を供え、そのあと伸びきったお下がりを私が片づける。ちなみに、伸びたうどんは、茹でたてよりも、おいしい。たれを付けずに、そのまま食べる。饂飩にはかなりの塩気があるので、汁に浸さなくとも食べられ、かえって饂飩の風味が、もろに味わえる。

二十代の頃、友人たちと秩父にハイキングに出かけた。道に迷って、夕方近く、ようやく人里にたどり着いた。最終のバスが来るまで、一時間近くある。バス停の近くの粗末な食堂に入った。できるものは、かけ饂飩だけという。腹ぺこだったから、何でもよかった。私たちは音たてて、すすった。

女の子が二人、加わっていた。一人がひと口だけで、箸を置いた。「あたし、饂飩は苦

手なのよ」と弁解した。

「もったいない」と仲間が二人、同時に声をあげた。その二人は早くも自分の丼を平らげてしまっている。

「食べないのなら、おれがいただくよ」と二人が同時に手を伸ばした。

「なんだ、お前もか」と顔を見合わせて苦笑した。

「仕方ない。半分コにしよう」と一人が言った。「いいよ」もう一人が、うなずいた。

「いやだわ」と残した女の子が、眉をひそめた。「半分に分けあうなんて。A君が一人で片づけてよ」

「オーケー」Aが答え、「悪いな」と当てが外れた仲間に軽く会釈した。

「いいよ」とうなずくと、「伸びた饂飩って、うまいんだよな」照れくさそうに私に相槌を求めた。

「うん。おいしいよ」私は大声で答えた。

饂飩が苦手だという女の子は、仲間の男たち皆んなに好かれていた。しかしこの時、女の子の意中の男が誰であるか、はからずも顕われたわけであった。残り物に与かれなかった友人もだが、私もガッカリした。饂飩が嫌いというのでは、うまくいくはずがない。

伸びた饂飩は美味、と言い放った友人は、照れ隠しであり負け惜しみだったろうが、失恋の言葉として上出来である、とその時私はひそかにうなずいたのである。

漱石は蕎麦党か、饂飩党か、という話になった。例の「最後の晩餐」の続きである。

漱石は江戸っ子だから、むろん蕎麦党だろう、と私は答えた。イギリスに留学した時、奥さん宛の手紙に、帰国したら蕎麦を食べ、ご飯を食べ、着物を着て、日当りの良い縁側に寝ころんで庭を見るのが楽しみ、と書いている。

「外国に行った日本人は、ほとんどが蕎麦が食べたいと望むよ。必ずしも蕎麦が好きだからでないはずだ」一人が異を唱えた。

「確か『吾輩は猫である』に蕎麦の講釈が出ていたと思うが、主人公でなく、主人公の友人が述べていたような気がするよ」別の者が言った。

「あの小説の主人公は漱石自身だろう？」

「だろうね」私は答えた。

「苦沙弥《くしゃみ》先生が漱石だとしたら、彼は饂飩党だったと思うよ」

自分の「最後の晩餐」は蕎麦だ、と決める男だから、蕎麦の記述を覚えていたらしい。

「蛇飯が出てくる場面だったと思うよ」

「あったねえ、その話」

いつか話題は、ゲテモノ食いに移った。食べ物の話の行きつく所は、まずこれである。

帰宅して、早速、『吾輩は猫である』を繰ってみた。友人の指摘した場面は、六章にあった。迷亭が苦沙弥を訪ねてきて、自分が取り寄せた蕎麦を食べる。こんな会話がある。

「蕎麦はツユと山葵《わさび》で食ふもんだあね。君は蕎麦が嫌いなんだらう」と迷亭が言うと、苦沙弥が、「僕は饂飩が好きだ」と答える。迷亭、すかさず、「饂飩は馬子が食ふもんだ。蕎麦の味を解しない人程気の毒な事はない」

漱石は饂飩党だったのであるまいか。突然、松山の愛媛県尋常中学校に赴任する。若き日の漱石の都落ちの理由は、謎とされている。讃岐の饂飩が食べたくて、四国に渡ったのかも知れないのである。好物が人の生き方を変える。

『波』二〇〇一年三月号

生きる者のつとめ

漱石には、「人生」と題する短い評論があるが、「人生論」と謳《うた》った文章はない。しかし、言うまでもないことだが、漱石の作品のすべてが、人生を論じている。どれを採っても、漱石人生論集といえる。いくら傑作でも、人情を離れた芝居は無い（『草枕』）、と漱石は言った。漱石の小説は、まさにその通りである。人情の無い人生もあり得ぬ。小説以外の文章で、漱石が人生をどのように捉え、いかように論じているか、ここに集めてみた。

冒頭に記した評論で、漱石は人生を次のように定義している。

「空《くう》を劃《かく》して居る之《これ》を物といい、時に沿うて起る之を事という、事物を離れて心なく、心を離れて事物なし、故に事物の変遷推移をなづけて人生という（略）かく定義を下せば、頗《すこぶ》る六つかしけれど、是を平仮名にて翻訳すれば、先ず地震、雷、火事、爺の怖さを悟り、砂糖と塩の区別を知り、恋の重荷義理の柵《しがらみなど》抔いう意味を合点し、順逆の二境を踏み、禍福の二門をくぐるの謂《いい》に過ぎず（略）」要するに錯雑なる人の世、人間の種々なる生涯、さまざまの生活、ということになる。

近代の文学者で漱石くらい真剣に人生を凝視し、明確に分析し、人生の意義を見いだすべく苦闘した者はいない。少くともその苦闘の成果を、万人が楽しめる極上の文学作品に完成させた作家は、漱石をもって第一人者と見て間違いないだろう。

漱石の人生観を知るには、漱石の人生を、詳細な年表で辿《たど》るに如《し》くはない。しかしここでは収録の文章によって、概観する（『漱石人生論集』）。

まず、「書簡」の、狩野亨吉《かのうこうきち》宛て明治三十九年十月二十三日付を読んでいただきたい。狩野は漱石の大学時代の学友である。

イギリス留学から帰国した漱石を、第一高等学校（一高）の英語嘱託に迎えたのは当時、一高校長であった狩野であった。狩野の配慮による。漱石は同時に、東京帝国大学文科大学の講師に就任した。こちらは、やはり学友であった大塚（旧姓小屋）保治の奔走による。

狩野は一高校長のあと、設立された京都帝大文科大学の学長に乞われて栄転した。その際、狩野は漱石に京都帝大へ来ないか、と誘ったらしい。漱石は、断った。その頃の、これは手紙である。実はこの手紙には「前篇」がある。「前篇」とは妙な言い方だが、漱石は同日に二通、狩野へ手紙を書いている。

狩野から便りをもらった漱石は、読んで驚いた。用事以外の手紙を書かない人だと思っていた狩野が、漱石の夢を見た、と記してきたからだ。狩野の「平信」に感激した漱石は、にわかに饒舌《じょうぜつ》になる。京都へなぜ自分が行かなかったか、をつづる。

「自分の立脚地から云うと感じのいい愉快の多い所へ行くよりも感じのわるい、愉快の少ない所に居ってあく迄喧嘩をして見たい。是は決してやせ我慢じゃない。それでなくては生甲斐のない様な心持ちがする。何の為に世の中に生れているかわからない気がする」

何の為に生れてきたか、という命題は、「私の個人主義」でも触れている。すなわち、「私は此世に生れた以上何かしなければならん、と云って何をして好いか少しも見当が付かない。私は丁度霧の中に閉じ込められた孤独の人間のように立ち竦《すく》んでしまったのです」と述べている。何かをしたいが、自分は何をすればよいのかわからぬ、という悩みは、青年時の誰もが抱き苦しむ問題で、人生論の根本命題といってもよいだろう。

漱石は狩野宛て書簡の「前篇」で、自分のやるべきことは、世の中の敵と闘い、敵を降伏させるか自分が打ち死をするかだ、と述べる。漱石の敵とは、「僕の主義、僕の主張、僕の趣味から見て世の為めにならんものを云うのである」

続けて、むろん自分一人の手で負えるものではない、打ち死覚悟である、と言い、こう述べる。

「打死をしても自分が天分を尽くして死んだという慰藉《いしゃ》があればそれで結構である。実を云うと僕は自分で自分がどの位の事が出来て、どの位な事に堪えるのか見当がつかない。只尤《もっと》も烈しい世の中に立って（自分の為め、家族の為めは暫らく措《お》く）どの位人が自分の感化をうけて、どの位自分が社会的分子となって未来の青年の肉や血となって生存し得るかをためしてみたい」

自分はこれからやるつもりだ、と熱をこめて漱石は決意表明をしている。「前篇」を投函したあと、第二信を書くわけである。

ここで漱石は、自分が大学を卒業して、なぜ松山の愛媛県尋常中学校の教員に赴任したか、を述べている。「都落ち」の直接の理由は、謎とされているが、将来を嘱望された東京帝大の大学院を出たエリートが、東京を離れたのには何らかのきっかけがあるはずだ。漱石は「是には色々理由がある」と言う。しかし具体的には明かさない。理由の一つに、次の事があると狩野に記している。

「世の中は下等である。人を馬鹿にしている。汚ない奴が他と云う事を顧慮せずして衆を恃《たの》み勢に乗じて失礼千万な事をしている。こんな所には居りたくない。だから田舎へ行ってもっと美しく生活しよう――是が大なる目的であった」

ところが「汚ない奴」は東京にだけいるのではない。そして東京の「汚ない奴」は、自分が去ったのをよいことに、いよいよ増長している。自分の犠牲は何の役にも立たなかった。自分と同じ被害者を続出させるばかり、これではいけない、「もし是からこんな場合に臨んだならば決して退くまい。否進んで当の敵を打ち斃《たお》してやろう。苟《いやしく》も男と生れたからには其位な事はやればやれるのである」

今までは自分の力を試す機会がなかった。自分を信頼したこともない。「朋友の同情とか目上の御情とか、近所近辺の好意とかを頼りにして生活しようとのみ生活していた。是からはそんなものは決してあてにしない」、自分一人で行く所まで行く。漱石は、断言する。「それでなくては真に生活の意味が分らない。手応《てごたえ》がない。何だか生きて居るのか死んでいるのか要領を得ない。余の生活は天より授けられたもので、其生活の意義を切実に味わんでは勿体《もったい》ない」「天授の生命をある丈《だけ》利用して自己の正義と思う所に一歩でも進まねば天意を空《むな》しうする訳である」

「社会の罪悪者」を打ちたおさんとするのは、自分のためではない。「天下の為め。天子様の為め。社会一般の為め」である。

以上の表明は、漱石の講演「私の個人主義」の内容と照応する。個人主義は党派を作って、権力や金力のために盲動しないことである。我は我の行くべき道を勝手に行くだけ。自分の個性を大切にすることは、他人の個性を尊重することである。個人主義を行うためには、人格がなくてはならない。

これが漱石の人生論の根本であろう。すべての発言は、ここから起っており、また、この一点に収斂《しゅうれん》されている。

狩野亨吉宛ての手紙と、「私の個人主義」の二つを読めば、あとの文章は、これらを敷《ふ》衍《えん》したものと考えてよい。

「愚見数則」は、漱石が愛媛県尋常中学校教員時代に、同校の『保恵会雑誌』に発表された。中学生に読ませるべく書かれた文章である。漱石は、二十九歳。「多勢を恃《たの》んで一人を馬鹿にする勿《なか》れ」など、すでに漱石らしい思想が如実である。事を成すには、時と場合と相手をまず見抜くこと、また人が自分を計略にかけようとするなら、さしつかえない限り騙《だま》されていよ、いざという時に、「痛く抛《な》げ出すべし、敢《あえ》て復讐というにあらず、世の為め人の為めなり」という言は、狩野に書き送ったことと同じである。「愚見」として示された「数則」は、漱石の実体験から得た教訓であろう。

「理想を高くせよ」「理想は見識より出ず、見識は学問より生ず」という信念は、「書簡」の妻宛ての手紙で、学問が知識を身につけるための道具でない、「性を矯《た》めて真の大丈夫になるのが大主眼である」と説いていることと重なる。「真の大丈夫とは自分の事ばかり考えないで人の為世の為めに働くという大な志のある人をいう」

「人の為、世の為」に尽せ、というのが、生きている者のつとめだ、と漱石は説くのである。見識、というなら、「文学談」で、見識のない小説は価値が無い、と両断している。低い人生観を説けば、低い作家であり、狭い人生観を説いたら狭い作家だ、と語っている。

人生観、という言葉の定義は、黒岩涙香《るいこう》が明治三十六年刊の自著『天人論』の冒頭で述べている。すなわち、「人は疑問の中に生れ、疑問の中に死す、何故に生れたるやが一の疑問なり、生存中に何を為す可きやが二の疑問なり、死すれば何の境に入るやが三の疑問なり、此疑問を解釈するを人生観と云う」

ついでに「天人論」の意味は、天上界に住む者という仏教語ではない。涙香によれば、こうである。

「人は自ら知らずして生まる、即ち天然に生れたるなり、然れども其の天然の『天』と云う者は何ぞや、是れ人生観の奥底に横われる大問題なり、之を解釈するを宇宙観と云う、宇宙観と人生観とを合わせて余は天人論と名《なづ》く」

この本が発行された月に、一高生徒の藤村操《みさお》が、日光華厳の滝に投身自殺した。藤村は滝の上の樹の幹を削り、「巌頭之感《がんとうのかん》」なる遺書を記した。藤村の自殺は当時の若者たちに衝撃を与えたが、それは遺書の文言によるところが多い。生きる意義を問い、俗世の矛盾に苦悩する青年たちの共感を得た。遺書にいう。「悠々たる哉天壌、遼々たる哉古今、五尺の小軀《しょうく》を以て此大《だい》をはからんとす、ホレーショの哲学竟《つい》に何等《なんら》のオーソリチィーに価するものぞ、万有の真相は唯だ一言にして悉《つく》す、曰《いわ》く『不可解』、我この恨を懐《いだ》いて煩悶終《つい》に死を決するに至る。既に巌頭に立つに及んで胸中何等の不安あるなし、始めて知る、大なる悲観は大なる楽観に一致するを」

ホレーショとは、シェイクスピアの『ハムレット』に登場する、ハムレットの友人で哲学者である。

涙香は藤村の遺書を名文と賛美し、藤村の死を容認した。自著の『天人論』を読んでくれたなら、死なないですんだろう、と言った。

漱石もまた藤村操と無関係ではない。藤村は一高での教え子であった。しかも漱石が一高の英語の授業を受け持って初めての生徒であった。教壇に立ってまもなくこんなことがあった。授業中、漱石は藤村を指名した。藤村は訳読の下読みをしてこなかった。これは二度目だった。「したくないから、やってこないのです」と藤村は答えた。「この次は必ず勉強してくるように」と漱石は、さとした。それから九日後の、出来事である。漱石は自分の叱責が原因であるまいか、とずいぶん悩んだようである。藤村の自殺は、『吾輩は猫である』や、『草枕』の中で取り上げている。漱石のこだわりが感じられる。

見識、については、すでに、大学時代に学友の正岡子規と書簡で応酬した「気節論」で、見織は智に他ならぬ、と述べている。見識を貫き通すことが気節である、と言い、見識を持って生きることが、漱石の若い頃からの理想であったようだ。

子規との「気節論」争の中で、漱石は、子規が「工商の子」には気節が無い、と言った言葉尻を捉え、「四民の階級を以て人間の尊卑を分たんかの如くに聞ゆ君何が故かかる貴族的の言説を吐くや」と不快を示し、「君若《も》しかく云わば吾之に抗して工商の肩を持たんと欲す」と激した。そして子規が人の善悪を簡単に論じることに反発し、この世に完全な人間はいない、誰もが善悪両面を持っている、君の見方は偏狭に過ぎる、とたしなめた。

人に優劣高下をつけ差別する姿勢を、漱石は徹底して嫌った。

「太陽雑誌募集名家投票に就て」は、その表われである。博文館が創業記念に雑誌『太陽』で「新進名家投票」を行った。「文芸界」の部で漱石は最高の票を得た。二位は、中村不折で、不折は画家であり書家、漱石の著書『吾輩は猫である』の挿画を描いている。三位が幸田延子、彼女は露伴の妹で、ヴァイオリニスト、ピアニストである。四位の島村抱月は、劇作家、「芸術座」の設立者である。

ここで漱石は投票なるものの無礼、不公平を指摘する。何が最も気に入らないかといえば、「己れの相場を、勝手次第に、無遠慮に、毫《ごう》も自家意志の存在を認める事なしに他人が極《き》めて仕舞う」からである。これは「他人の個性」を認めず無視するに等しい。そうして、「人の肩の上に乗るのは無礼である。且つ危険である。人の足をわが肩の上に載せるのは難義《(ママ)》である。かつ腹が立つ」

明治四十四年、漱石が「博士号」を辞退したのも、この主義による。文部大臣に伝えてほしい、と漱石は文部省専門学務局長に手紙を書く。その中で漱石は何が不快といって、「毫《ごう》も小生の意志を眼中に置く事なく」話を進めたことだ、と述べている。

明治四十年の六月に、時の首相、西園寺公望の文士招待会に招かれた時、「時鳥厠《ほとしぎすかわや》半ばに出かねたり」と一句を添えて断っているのも、つまりは権力者への嫌悪であり、不透明な人選への不快感からだろう。

漱石の理想とする人生を体現している人は、ケーベル先生であるまいか。ドイツ人で、明治二十六年から大正三年まで、東京帝大で西洋哲学を講義した。漱石は大学院生の時、来日したばかりのケーベルの講義を聴いた。
「ケーベル先生」（明治四十四年）で漱石は六十三歳のケーベルを訪問し、浮いたことの嫌いな老師は、演奏会に出かけることもなく、自室で気が向いた時のみ楽器の前に座り、自分の音楽を一人で聞いている。その他にはただ書物を読んでいる、と書いている。漱石は自分の理想の晩年を、師の姿に見ていたのかも知れない。

　ケーベル先生の一番大事なものは、「人と人を結びつける愛と情だけ」と言う。先生は漱石に頼む。学生たちに自分のメッセージを伝えてほしい。そのメッセージとは、「左様なら御機嫌よう」の一句である。その他のことを述べるのは厭だ、と言う。言う必要もない、と言う。ケーベルの性格と生活態度は、どことなく漱石に共通するものがある。

　ケーベルは第一次世界大戦勃発のために、結局、帰国できなかった。大正十二年に、横浜で亡くなっている。

「硝子戸の中」の六、七、八章に登場する女性は、吉永秀《よしながひで》という。吉永は漱石に手紙を送り、面会したい、と希望した。漱石は次のような返事を出す。「（略）あなたは私の書物を愛読して下さるそうですが感謝致します。然し人の作物はよんで面白くても会うと存外いやなものです（略）夫《それ》から私に会ってどうなさる御つもりですかただ会うのですか私は物質的には無論精神的にあなたに利益を与える事は到底出来まいと思います（略）」

　結局、面会の日時が決められ、吉永は訪ねてくる。「女の告白」の内容を、漱石は明かしていないが、悲惨な結婚生活の話だったようである。彼女は自殺を考え、迷った末に、漱石の助言に縋《すが》ったのだ。何もかも打ち明け、「生きていなさい」と励まされた吉永は、目がさめ、新しい生活に踏みだす。恐らくそのような近況報告を、漱石に認《したた》めたのだろう。漱石は、ただちに返事を書いている。

「あなたの御話を伺った時私は非常に御気の毒に思いました然《しか》し私の力ではあなたをどうして上げる訳にも行かないと思いまして只今《ただいま》御手紙が参ってあなたはまだ東京に居られる事を知りましたそうして又《また》教師になって生活されるという御決心を知りました私はそれを嬉しく思いますどうぞ教師として永く生きて居て下さい　以上」

　漱石は苦悩する吉永に、「凡《すべ》てを癒《いや》す『時』の流れに従って下《くだ》れ」と助言した。時間が傷を療治してくれる、と言った（余談だが、現代の流行語の「癒す」を、すでに現代人と同じ意味で用いている。こんなところにも漱石が少しも古びない理由があろう）。

　なお「硝子戸の中」第十五章に出てくる学習院の講演というのは、「私の個人主義」のことである。

　金銭について漱石は、明治の人間には珍らしく、きっちりとした哲学を持っていた。それは「書簡」の、明治四十年七月十二日付、坂元雪鳥に宛てた内容にも表われている。朝日新聞社に入社する際に約束した賞与の額と違うことを質《ただ》している。

　金の問題といえば、こんな例もある。大正三年に、某博士の還暦祝賀会があり、漱石は乞われて発起人に名をつらねた。ところが案内状に刷られた漱石の名には、「文学博士」の肩書が付けてあった。漱石は自分は博士を辞退した者であり、これでは別人と誤まられる恐れがあるから削除の上、改めて刷り直してくれ、と依頼した（学習院の講演でも、案内の掲示などに文学博士の称号を遣わぬように、と世話人の岡田正之に申し入れている）。

一カ月後、新しい案内状が届いた。漱石は祝賀会寄付金の規定額一円のところを五円送金した。金に添えた漱石の手紙には、こうある。「（略）規定は壱円に候えども過日小生の姓名御訂正のみぎり葉書二百枚と右印刷代とを御支出相成候故壱円にては差引不足にて寄附にも何にも相成らず候故例外として五円差出候次第に御座候」

漱石は決して吝嗇《りんしょく》ではない。筋の通った金なら気持ちよく出した。門下生の誰彼にも、よく金を貸している。しかし理不尽な金は一切遣わなかった。金銭に対する潔癖さは、この点でも十分うかがえる。

「自分の職業以外の事に掛けては、成るべく好意的に人の為に働いてやりたい」「其好意が先方に通じるのが、私に取っては、何よりも尊とい報酬なのです」

金で片づかない、片づけてほしくないものがあるのだ、と漱石は主張するのである。

「思い出す事など」は、明治四十三年八月、胃潰瘍の転地療養先、伊豆・修善寺温泉で吐血し、人事不省に陥った、世にいう「修善寺大患」前後を記述している。

「文学談」と「文士の生活」は漱石の文章でなく、談話筆記である。

「書簡」の宛名人だが、正岡子規は漱石と同年、十八歳で東京大学予備門予科で一緒に学んで以来、終生の親友となった。子規は大変に筆まめな人で、今日、私たちが大学時代の漱石の手紙を読むことができるのは、子規が「筆まかせ」という文集に全文を書きとめておいてくれたからである（当然、子規宛ての手紙だけだが）。「筆まかせ」には、子規の返事も収められている。明治二十三年八月九日の漱石書簡の返事は、こうである。

「何だと女の祟《たた》りで眼がわるくなったと、笑わしやァがらァ、此頃の熱さではのぼせがつよくてお気の毒だねぇといわざるべからざる厳汗の時節、自称色男ハさぞさぞ御困却を存候併《しか》シ眼病位ですみとなり、まだ顋《あご》で蠅を逐《お》わぬ処がしんしょうしんしょう（略）」

「未だ池塘に芳草を生ぜず腹の上に松の木もはえず」という漱石の「戯文」に対し、子規は、「おまけに池塘芳草《ちとうほうそう》、腹上の松茸抔《など》いう引き事は夢美人の落ちと見えて宜《よろ》しからず以後謹むべし」とたしなめているが、「池塘春草」は、朱熹の「偶成」という詩にある語である。「少年老い易く学成り難し、一寸の光陰軽んずべからず」という詩で、次が「未だ覚めず池塘春草の夢」となる。

しかし当時、学生の間でこの文句は戯れに卑猥な意味に言い換えられ口の端にのぼせていたらしく、それを品行方正な二人（？）が用いているところに、おかしみがある。もっとも子規は軽口を叩きながらも、漱石を励ます。「『此頃ハ何となく浮世がいやでいやで立ち切れず』ときたから又横に寐るのかと思えば今度ハ棺の中にくたばるとの事、あなおそろしあなおかし。（略）百年も二百年もいきていたいからとて生きられる人間にあらず、今が今死のうとしても毒薬は一寸《ちょっと》手に入らず摺《す》りこぎには刃がなく吾妻橋には巡査がおって中々思い通りに行く人間にもあらず。（略）見よや人間の最期も一時代の最期も世界の最期も同じく両極中の一点に過ぎざるべし。それを長いというは狭い量見也　短かいというも小さい見識也。悟れ君」

漱石の死生観は、林原耕三宛ての手紙で知ることができる。

林原、武者小路実篤、芥川龍之介、久米正雄は、漱石の晩年の門下生である。森田草平、鈴木三重吉、小宮豊隆は、古い門下生である。中川芳太郎は東京帝大で漱石の教え子である。彼の受講ノートを元に、「文学論」の原稿が起こされた。大石泰蔵は漱石の読者で、この年、二十八歳、のちに新聞記者となった。中村古峡は、作家で医師。漱石の五女ひな子が急死した日、たまたま漱石と対談していた。

漱石の人生論は、武者小路に宛てた大正四年六月十五日の手紙が、その「集大成」である、と見て間違いない。

「武者小路さん。気に入らない事、癪《しゃく》に障る事、憤慨すべき事は塵芥の如く沢山あります。それを清める事は人間の力で出来ません。それと戦うよりもそれをゆるす事が人間として立派なものならば、出来る丈《だけ》そちらの方の修養をお互にしたいと思いますがどうでしょう」

本書を通読して、もはやおわかりのことと思うが、漱石の人生論は、漱石の小説やエッセイ、評論よりも、むしろ書簡に多く語られている。書簡こそ人生論そのものである、と断じて、決して言い過ぎではあるまい。

「断片　三五C」及び「三五D」は、漱石が常備の手帳に記したメモである。岩波書店版『漱石全集』の解題によれば、いずれも明治三十九年ごろに書きつけられたもの、残された手帳は十五冊あり、これは使用年代順でいうと七冊目の内容である。断片ではあるが、中には、『坑夫』執筆時の聞き書きが、一篇のコントのようにつづられており、漱石文学の「原石」として楽しめる。アフォリズム集として読めることも、収録の文章でおわかりだろう。

本書には取らなかったが、漱石には、蔵書の書き込みにも面白い文章が多々ある。むろん人生の機微に触れた至言も散見する。ご一読をお勧めする。これを要するに、漱石の片《へん》言隻句《げんせっく》、一つとして無意義なものはない、ということである。

『漱石人生論集』講談社文芸文庫　解説　二〇〇一年四月十日

漱石先生のはがき

1　好男子？　自画像

夏目漱石が何者であり、また名前を知らない人でも、漱石の風貌を見たことがない、という日本人は、まず、いないだろう。そう、旧千円札の肖像である。

大正元年八月に撮影された写真を、用いているらしい。漱石、四十五歳の顔である。明治の人にしては近代的な、知識人らしい風貌をしている。

ところで千円札のまん中のスカシも、漱石の同じ肖像だが、これを別の人物と、つい先ごろまで思い込んでいた知人がいる。「だって、どう見ても、違う顔に見えるよ。特に口もとが、スターリンにそっくりだし、若き孫文にも似ているよ」

スカシのせいでは、あるまい。人間の顔は、一人の顔が何十人ものそれに見えるはずである。人の心が単純でない、という証拠だろう。自分の顔も、決して同じには見えない。あれ？　こんな顔ではなかったはずだが、と驚くことがある。

写真は、珍しい漱石先生の自画像である（次ページ）。

①は土井晩翠あての、明治三十八年二月二日の自筆絵はがき。②は、その十日後、田口

①（右図）明治38年2月2日付、夏目漱石の土井林吉（晩翠）あてのはがき／②（左図）明治38年2月12日付、夏目漱石の田口俊一あてのはがき（角川書店『図説漱石大観』より転載）

俊一にあてた絵はがきである。

前年の夏ごろから、漱石は盛んに、はがきに絵を描いては、特定の者に送っている。その者が、やはり返事に絵をつけてくる。今でいう絵手紙の交換を楽しんでいる。晩翠は「荒城の月」で知られる詩人で、また英文学者だが、漱石とはロンドン留学時代に、親しく交遊している。

はがきに、自画像を描いたらこんなものができた、何だか影が薄い、君が僕を励ましてくれるから今にもっと太ったところを描いてお目にかける、現在の顔はこのくらいだ、と記している。

このころ漱石は何枚も自画像を描いていたに違いない。その一枚を田口（この人の経歴は不詳である）に与えた。鏡を見て描いたら、こんなのができた、なかなか好男子だ、と自賛している。こちらはずいぶん若い。

さて、当時三十八歳の漱石の、「本当の顔」をうつしているのは、どちらだと思いますか？

2　猫の死亡通知

明治三十八年、夏目漱石は『吾輩は猫である』を発表、この一作で作家として世に認められた。主人公は名なしの猫である。

この猫のモデルは、夏目家の飼い猫であった。ある日どこからか迷いこんできたのである。猫ぎらいの夫人が何度追っても入ってくる。そんなにうちが気に入っているなら、置いてやればいい、との漱石の一言で、夏目家の一員となった。

ただし、名前を付けてもらえぬ。ペットに名がないと不自由なはずだが、家族は全く関心がなかったのだろう。いや、主人だけは、そしらぬふりして観察していたらしい。何しろ小説の主人公に仕立てたのだから。

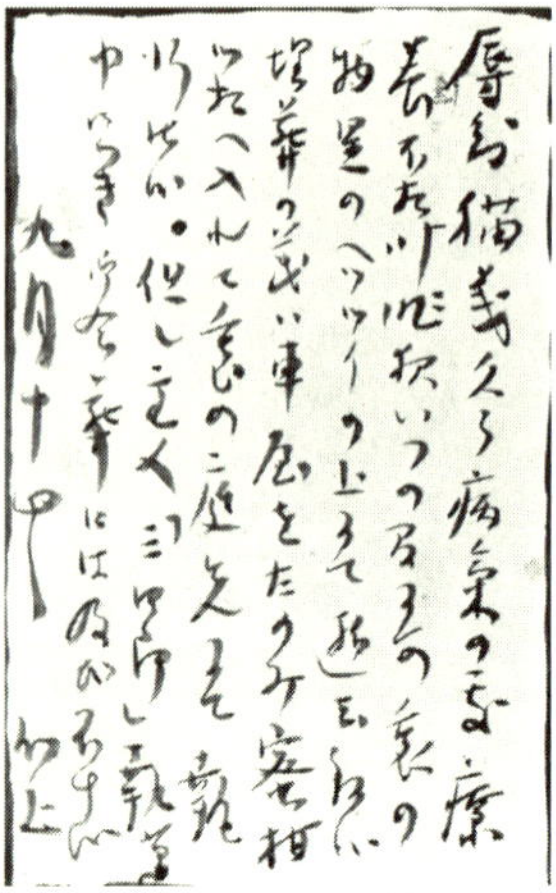

明治 41 年 9 月 14 日付、夏目漱石の野上豊一郎あてのはがき（求龍堂『夏目漱石遺墨集』より転載）

つめの先まで黒い猫で、これは福猫だとある人に教えられた。その通りで、『吾輩は猫である』は、ベストセラーになったのである。

そのモデルの猫が病死した。小説では水がめに落ちて水死するのだが、実際は、物置のカマドの上で、ひっそりと死んでいた。漱石は裏の車屋さんに頼んで、ミカン箱に入れ庭先に埋葬してもらった。そして夫人に墓標を買ってこさせ、表に「猫の墓」と記し、裏面に、「此下《このした》に稲妻《いなずま》起こる宵《よい》あらん」と一句たむけた。

かわいそうに、この猫は死ぬまで名前をもらえなかったのである。写真のはがきは、漱石が門下生にあてた、「猫の死亡通知」である(前ページ)。自分で黒枠を書き、文面も人間さまの通知状と同じ、漱石の機知というより、漱石らしい猫への愛情であろう。そしてチョッピリ、おわびの気持ちもにじんでいる。

私も飼い犬が死んだ時、漱石をまねて知人に死亡通知を発した。漱石にならって「御会葬には及び申さず」と謝絶したのだが、受け取れば黙過できぬわけで、花や悔やみ状が届いて恐縮した。

わが家の犬の好物は、桃であった。まさか犬が果物を食べると、だれも思わない。鶏の「もも肉」が届いた。今更「もも」違いと釈明できず、ありがたくいただくことにした。

3 署名は金

夏目漱石先生、描くところのヌードである(次ページ)。現代なら別に珍しくもないが、明治三十七年の話、これより九年前、京都で開かれた第四回内国勧業博覧会に、洋画家の黒田《くろだ》清輝《せいき》が、裸体女性の絵を出品し、けしからん、と非難され、裸体画、是か非かの論争

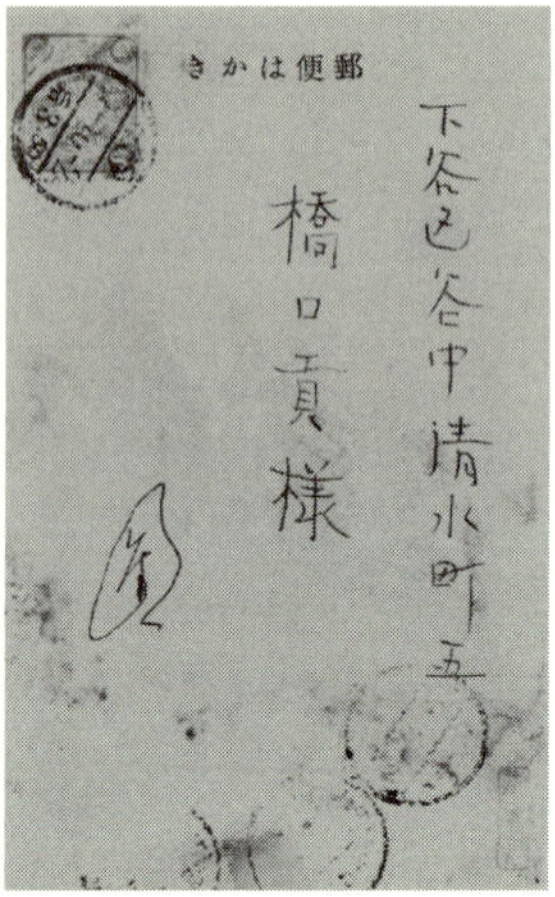

右図：明治37年10月24日付、橋口貢あての漱石のはがき／左図：「金」とだけ書かれた明治37年10月24日付の漱石のはがき・表（求龍堂『夏目漱石遺墨集』より転載）

が起こった。

芸術作品にして、かくの如《ごと》し。ひそかに描くならともかく、漱石先生は、絵はがきにして堂々（?）と、人に送っている。しかも世は、日露戦争のまっ最中なのである。不謹慎だ、と咎《とが》められかねない。送った相手は、外交官の橋口貢。漱石の著書の装幀を手がけた、橋口五葉の兄である。

漱石はこの翌日、同じ構図の絵はがきを、門下生の寺田寅彦にも送っている。橋口にも送ったと記し、「両方共同様の出来である　後世の好事家一方を見て贋物《がんぶつ》といふ」と、ふざけている。漱石という俳句を作る人間はいるが、はがきに絵を描いた漱石とは別人だ、という者もいるかもしれない。そう書いている。

面白いのは、自分の名を「漱石」と間違えて記していることである。漱石の手紙は、誤字が多い。相手の名を書き間違えたのもあり、自分の名はしばしばある。漱石は手紙は書きっぱなしで、読み返すことはしなかったらしい。

橋口あてのも、寺田あてのも、自分の住所姓名は書かず、ただ「金」とのみ記している。本名、金之助の金である。

後世の好事家は、この絵はがきを見て、果たして文豪の絵と判断できるかどうか。本ものか、贋物か見分ける前に、「金」が漱石の名とわかる人は少ないだろう。

ところでこの五年後、漱石先生は、近所のかつお節屋の主婦に、どうやら淡い恋心を抱いたようである。日記に、散歩の時、後ろ姿を久しぶりに見る、などと書いている。親類の者が、かつお節屋にほれる位だから長生きするよ、とひやかした。「長生をしなくつても惚《ほ》れたものは惚れたのである」と記す。

漱石先生の名言に、「かわいそうたあ、惚れたつてことよ」がある。

4　漱石の初恋

この達筆が判読できる人は、多くあるまい（次ページ）。

まず、最初の一行は、「御返事呪文《じゅもん》」と読む。次には、漱石二十四歳作の漢詩が書かれている。

親友の正岡子規から、まじないの文句を記した手紙をもらった。呪文にお返事する、というわけだが、呪文は、あるいは子規作るところの詩かもしれない。君の呪文を読み、

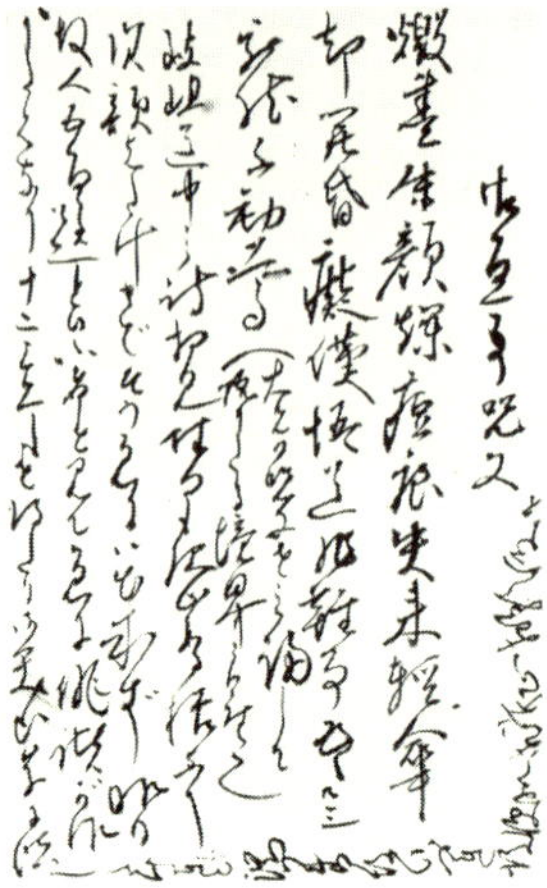

右図：正岡子規あてのはがき。明治24年7月24日付／左図：田口俊一あての自筆水彩絵はがき。明治37年12月30日と推定される（求龍堂『夏目漱石遺墨集』より転載）

悟ったような心境にある、と言い、自分の詠んだ詩を示した。

こんな内容の七言絶句である。二人とも大学生だ。

恥ずかしさに顔が燃え、疱瘡《ほうそう》のあとのアバタも焼けただれるほどだった。コウモリがさを失って、悟った。自分のおろかさを知るのは、むずかしいことでない。自分はまるで不動明王そっくりである。

一週間前、漱石は眼科に出かけた。その待ち合い室で、思いがけない人と出会う。漱石は子規に別の手紙でこう報告している。

「いつか君に話した可愛《かわい》らしい女の子を見たね、―銀杏《いちょう》返しに竹なは（丈長＝紙製の髪飾りのこと）をかけて―天気予報なしの突然の邂逅《かいこう》だからひやつと驚いて思はず顔に紅葉を散らしたね　丸で夕日に映ずる嵐山の大火の如し」

どこかで見そめた美少女が、何と、待ち合い室に座っていたのである。顔に紅葉を散らす、とは、まっ赤になること。千円札の肖像ではわからないが、漱石はアバタ顔だった。若い時から、これを苦にしていたらしい。『吾輩は猫である』で苦沙弥先生の口を借りて、悩みを訴えている。そのアバタを焼くほど赤面した、というのである。

度を失ったあまり、持っていたコウモリを、待ち合い室に忘れてしまった。そのため「今日は炎天を冒《おか》してこれから行く」と子規にあてたこの手紙の署名は「凸凹《でこぼこ》」。これは自分の顔を言っている。

大学時代の漱石の初恋として有名なエピソードだが、銀杏返しの「可愛らしい女の子」がどこの人であるか、突きとめられていない。

5　借家住まい

明治三十九年十二月九日に、漱石先生が学友の菅虎雄《すがとらお》にあてたはがきである（次ページ）。菅は漱石の就職をあっせんしたり、生活費を貸したり、なかなか面倒見のよい友人であった。これも、漱石が現在住んでいる本郷区千駄木町五十七の家を、明け渡さなければならなくなり、菅にすがった。こう、ある。

「僕の家主東京転住につき僕追ひ出される。よき家なきや。あらば教へ給へ。」

家主は、やはり学友で、寄宿舎で同室だった斎藤阿具《さいとうあぐ》である。斎藤は仙台に赴任中、自宅を漱石に貸していた。それが東京に戻って来ることになったわけだ。

この千駄木の家は、新築まもないころに、森鷗外が借りていた。そのあと斎藤家が買い取り、人に貸していた。漱石はここで『吾輩は猫である』を執筆している。小説の主人公、苦沙弥先生宅は千駄木の家を写している。鷗外と漱石が偶然に住んだこの家は、現在、愛知県犬山市の「博物館明治村」に移されて公開されている。

さて漱石の引っ越し先は、本郷区西片町十番地ろノ七号に決まった。漱石は門下生に、手伝いにきてほしい、とはがきを出す。ところが新住所の表記が、まことにあいまいなのである。「西片町十ロの七ノアタリナリ」と「その辺だよ」と書いている。

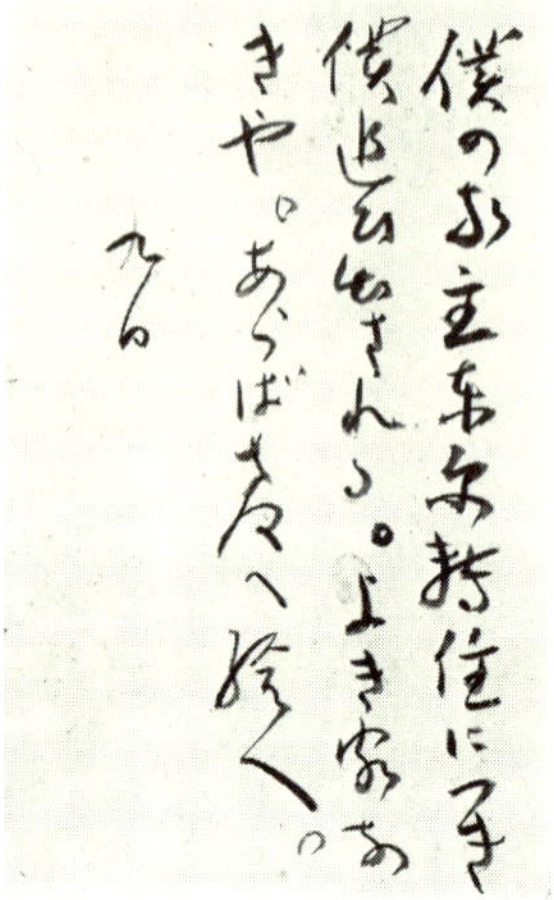
明治39年12月9日付菅虎雄あてはがき（求龍堂『夏目漱石遺墨集』より転載）

漱石先生は無造作な人で、この西片町から次に早稲田南町七番地に転居するのだが、何人かに出した移転通知では、すべて「南町九番地」と誤って記している。訂正通知が残っていないところを見ると、先生はあらためて正確な住所を知らせていないようである。新住所を訪ねた人は、皆まごついたに違いない。
西片町への転居は、暮れの二十七日だった。漱石先生も、さすがにウンザリしたらしい。人間も持ち家がないとだめだ、発奮し借金して大邸宅を新築しようかと思う、と教え子に書き送っている。しかし生涯、借家住まいであった。

『熊本日日新聞』二〇〇一年四月二十一日・二十八日・五月五日・十二日・十九日

漱石のデスマスク

好きな人の物なら、何でも欲しくなる。それがファン心理というものだろう。

漱石が好きで、漱石に関連あるものは、片っ端から集めた。著書はむろんのこと、手紙や軸などである。もっともこれらは、私が古本屋だから、半分は商売で求めている。従って、大半は金のために手放した。手元に置いて楽しみたいのだが、そうもいかないのである。私の場合、漱石ファンといっても、多少複雑である。

漱石のデスマスクを買いませんか？と言われた。

所蔵者が私を訪ねてきたのである。何でも欲しいファンではあるが、さすがに死面には、たじろいだ。

しかし、どうして漱石の死面があるのだろう。

確かに、漱石が亡くなったとき、漱石の弟子の森田草平の発案でデスマスクが作られている。作った人は、彫刻家の新海竹太郎《しんかいたけたろう》である。荒正人《あらまさと》の研究によれば、原型から二面が製作された。一つは夏目家が、もう一つは大阪朝日新聞本社が所有した。原型は新海竹太郎が保存した。

夏目家のものは、昭和二十年の空襲で焼失、大阪朝日のものは、一時、行方不明になっていたが、漱石の生誕百年展には出品されたという。生誕百年というと、一九六七年である。

荒正人氏の記述には、気になる一行がある。百年展に出品されたデスマスクを元に、「昭和四十年」に複製された、というのである。

何のために複製されたのか、それらはどう扱われたのか、説明がない。複製して、ファンに販売したのだろうか。まさか、そんなことはないと思うが、では私に譲りたいと持ちかけてきた人の所蔵品は、一体、何なのだろう。

事情を聞いてみればよかったが、品物が品物だけに、尋ねる気がしなかったのである。どのみち由来が分かっても、購入する気はない。デスマスクの偽物というのは、あまり聞いたことがない。新海竹太郎の手になるといっても、芸術品とはいえない。新海の名は著名だが、作品として売れるとも思えない。

私にデスマスクを勧めた人は、私が漱石ファンと知っての上だった。そうだろう、普通の人が喜んで買うなどは考えられない。気味悪がるだけだろう。

私は小学生のときに漱石文学を知った。村に来る移動図書館で、毎月、全集を借りた。漱石全集は漢字に振り仮名が付いているので、小学生にも読めたのである。内容まで理解していたわけではない。大人の世界をのぞきたい小学生の好奇心から読んでいただけである。けれども、漱石文学は、幼い心を捉え、何がなし影響を及ぼした。中学を卒業すると、私は古書店に就職した。むさぼるように、漱石全集を読み直した。自分用の全集を買いそろえた。初版本は高値で手が出なかったので、縮刷本を求めた。復刻本が発売されると、それらも購入した。

独立開業すると、漱石の肉筆が欲しくなった。初版本同様、高額であるが、半分は金もうけである。つまり、道楽に千金を投じるとなると二の足を踏むが、商売なら、思い切れる。漱石の書画は、偽物が多い。手紙やはがきにも無いわけではない。しかし、書画に比べれば、はるかに少ないだろう。偽と見分けることも、たやすい。何しろ手紙には内容がある。不自然な文面は、すぐ分かる。宛名も架空で作るわけにはいかないから、偽物師もこちらは敬遠するようだ。

漱石の字は、のびのびしており、眺めて気持ちがよい。手紙の文字は、さらに良い。全く気取りがないからである。

松根東洋城という弟子に宛てた手紙を、一通入手した。宮中の雅楽演奏会に招待された、その返事である。松根は、宮中で式部官を務めていた。

君の手紙には雅楽は七月三日とあるが、招待状は六月三日になっている、七月はたぶん君の書き間違いだろう、とあり、服装だが、紺の背広ではまずいだろうか、ちょっと教えてくれ、なるべく君も出席しないか、と続けている（原文は候文である）。

何でもない短い手紙だが、漱石先生は、よそ行きは紺の背広だったのか、雅楽の演奏会は慣れていないようだ、などの発見がある。心細くて、式部官の松根に、なるべく君も来てほしい、と伝えているのである。

手紙は表装して、部屋に飾り楽しんでいる。漱石先生と一緒にいるようで、心が落ち着くのである。

デスマスクでは、こうはいくまい。


『朗読 夏目漱石作品集』日本音声保存 二〇〇一年十二月

楽しめる「注解」

漱石は常に新しい時代の、新しい作家である。その言葉は決して古びない。「癒《いや》す」という現代の流行語を、漱石は大正時代に、すでに現代人と同じ意味で用いている。「凡《すべ》てを癒す『時』の流れに従つて下《くだ》れ」と。

新しい漱石を、新しい全集で読む。私たちは新しい漱石の顔に接することができる。書簡や日記、蔵書に書き込んだメモが読めるのも、全集の利点である。このたびの全集（岩波書店『漱石全集』第二次刊行）は、更に「注解」が、本文同様に楽しめる。たとえば、「坊つちゃん」が卒業した物理学校の説明。現在の東京理科大学の前身、だけで終らぬ。この学校は入学がやさしいかわり、進級・卒業が極めて難しいので有名、とある。卒業生は程度が高いので評判、とある。われらの「坊つちゃん」の知能が、これで知れよう。

『漱石全集』全二十八巻　別巻一　第二次刊行内容見本　岩波書店　二〇〇二年二月

漱石と相撲

『坊っちゃん』や、『吾輩は猫である』の作家・夏目漱石は、相撲が大好きだった。亡くなる年の大正五年一月の春場所は、十四日から十九日まで、六日間、国技館に通っている。翌日、自宅にやってきた若い門下生たちと、相撲談議をしている。

門下生たちは、どうして先生がこうも相撲に熱を上げるのか、不思議でしょうがなかったのだろう。漱石先生は、こう答えた。

「相撲は、芸術なんだよ」

どういうところが芸術なのか、門下生が突っ込む。先生いわく、

「とっさの技巧だ。相手がこう出たら、こうしてやる、と頭の中で考えてやる仕事ではない。瞬間に、本能的に相手に応じて妙技を出す。無意識の技巧だ。負けるにしても、きれいに一瞬で負ける。芸術だよ」

漱石には、ひいきの力士がいた。ある日の漱石の日記に、こんな一行がある。

「常陸山太刀山に負ける」

この書き方だと常陸山《ひたちやま》がひいきのようだが、実は太刀山《たちやま》の方なのである。太刀山のファンなら、「太刀山常陸山を負かす」と記すのが普通だと思うが、この日の勝負が、漱石を

して、こんなあいまいな書き方をさせたらしい。

というのは、太刀山が立ち合いで、駆け引きをしたからだ。待った、と見せて、常陸山が気を抜いたすきに、猛烈に突っ張り、突きまくって土俵ぎわまで攻めた。太刀山はあざとい、と当時、非難ごうごうだったらしい。

太刀山ファンの漱石も、さすがに良い気持ちがしなかったらしく、それで前記のような常陸山を主とした書き方になったのだろう、と思う。漱石が太刀山のどういう点に魅力を覚えていたのか、よくわからない。

太刀山の突っ張りは有名で、「四十五日の鉄砲」といわれた。四十五日、つまりひと月半（ひと突き半）である。呼び戻しの荒技《あらわざ》でも知られた。四十三連勝と、五十六連勝というレコードを作っている。明治四十四年五月に、二十二代横綱となった。

漱石夫人が、夫の相撲好きの理由を、こんな風に話している。

芝居は嘘だから性に合わなかったようだが、相撲は八百長以外、それが無い。そこが見ていて気分よい。嘘を何より嫌った人の好みに叶ったのでしょう。

「自分一人でひよつこり出かけて、かへつて来ても、此方《こちら》できくでもなし、自分で進んで話すでもなし、一向角力《すもう》の話は出ないのでしたが、それでも翌日になると又《また》出かけました。余程好きだつたと見えます」（夏目鏡子『漱石の思ひ出』）

『聖教新聞』二〇〇二年二月二十一日

塵芥の如し

中学生の年頃は、むずかしい言葉や、珍奇《ちんき》な語彙《ごい》、ひねった言い回しを喜び、もてあそぶものである。言葉に好奇心を燃やすジェネレーションだ。従って、もっとも言葉を覚える年代だろう。初めて見たり聞いたりした語を、実に新鮮に受け入れられるのは、この年頃をおいて無いかも知れない。

今年（二〇〇二年）の中学校教科書から、夏目漱石と森鷗外の作品を一切外してしまったのは、だから、馬鹿なことをしたものである。中学生にはむずかしすぎる、という理由だったようだが、現代の中学生もずいぶん見くびられたものだ。

漱石の小説は発表当時、小学生でさえ読んでいた。その小学生への返事が、漱石書簡集に収録されている。小学生は漱石の『こゝろ』を読み、ファンレターを書いたのである。

昔の雑誌や新聞は、すべての漢字に仮名が振られていた。だから小学生にも読めたのである。漱石全集はこれに倣《なら》い、総ルビだった（最近の岩波書店版は自筆原稿にもとづくため、ルビは一部である）。

私が小学四年生で漱石に親しめたのも、振り仮名のおかげである。意味はわからないが、面白さは味わえる。

中学生になると、乃公《だいこう》だの頗《すこぶ》るだの豪気《ごうぎ》だの厭味《いやみ》だの「滑稽と云ふ感じが一度に咄喊《とつかん》してくる」など、漱石独特の語彙と言葉遣《づか》いを、むやみに面白がり、暗記した。友だちに遣って煙に巻き喜んでいた。大人になった気分で、本人は得意であった。『吾輩は猫である』の終りの方に、「粉韲《ふんせい》」という難字が出てくる。「粉砕」の同義語だが、背伸びしたがり屋の中学生は、こんな文字に感激し、いつか作文で用いてやろうと、自分の「語嚢《ごのう》」に大事にしまいこむ始末であった。もっとも活用する折りは、無かった。けれども、この年になるまで忘れないのである。

漱石の講演速記「文芸と道徳」に、「上下《しょうか》挙《こぞ》って奔走に衣食するようになれば経世利民仁義慈悲の念は次第に自家活計の工夫と両立しがたくなる」という一節がある。「奔走に衣食する」について、この一文を単行本に収めるに当って校正を任された岡田耕三が、漱石に疑義を呈した。

漱石は次のように返答する。「奔走に衣食すといふ言語は韓退之《かんたいし》の文章にあるので、我々時代の人間は『君』とか『僕』とかいふ漢語同様日常に使用致し候。去りながら衣食に奔走すとしても固より差支無之候」

大正元年のやりとりである。岡田は東京帝大の学生だが、当時すでに「奔走に衣食す」という言い方は耳慣れないものであったらしい。しかし、衣食に奔走す、では当り前すぎて、引用する気にもならないだろう。

この言い回しも、私の「語彙」（厳密には漱石語彙集）に収めたのである。

漱石は「奔走に衣食す」だけでなく、自著の校正につとめてくれた者の問い合わせに、手紙で念入りに答えている。いずれも漢字の正しい読み方や、誤植か否かの判断だが、「眼を白黒《しろくろ》くする（濁らず）東京語」「丸まっちく」というように、漱石独特の言葉遣いに対してである。

「これ位（時によりぐらゐにもなる事あり）。この位（必ず清む）。それ位（これも時により濁る）。その位（必ず清むと考へる）（以下略）」と漱石という人は、言葉を無造作に遣っているようで、実は繊細で厳格な文学者であった。漱石が遣うと、どんな俗語も、血が通った美しい響きを持つのである。それは一度目にすると、決して忘れられぬ大事な言葉になる。

「武者小路さん。気に入らない事、癪《しゃく》に障る事、憤慨すべき事は塵芥の如く沢山あります。それを清める事は人間の力で出来ません。それと戦うよりもそれをゆるす事が人間として立派なものならば、出来る丈《だけ》そちらの方の修養をお互にしたいと思いますがどうでしょう」

若き武者小路実篤に宛《あ》てた手紙。「塵芥」を漱石は何と読ませたかったのだろう？「ゴミ」か、「チリアクタ」あるいは、「ジンカイ」か。

『文藝春秋　特別版「美しい日本語」』臨時増刊号　二〇〇一年九月十五日

理想的な回答

悩み事を持たない人が、いるだろうか。

多かれ少なかれ、大なり小なりの悩みを、だれもが抱いている。

悩む者は、自分のみが、このように悩まされていると思う。特殊な悩み事だ、と悩む。

実は、そうではない。同じような内容を、皆、悩んでいるのである。

悩み事の解決法の一つは、経験者の経験談を聞くことだが、それよりもまず、悩み事を打ち明けられる人を得ることだと思う。その人に話をしただけで、胸のつかえが取れる場合がある。黙ってこちらの話を聞いてくれるだけでよい。一緒に悩んでくれるだけでよい。

だが、現実には、なかなかそのような相手は、いないものである。悩み事は秘密だけに、よほど心を許した者でないと、打ち明けづらい。

新聞や雑誌、ラジオ等の「人生相談」欄は、ここに目をつけたわけである。匿名で、相談できる。

けれども、相談を受ける方は、ただ話を聞き置くだけではすまない。何らかの解決の糸口を示さなくてはならない。

だが果して、その答えが正しいかどうか、回答者は回答者で頭を悩ますのである。

あなたの悩みを聞き、私も悩みました。そうして、自分なりに次のような結論を出しました。私だったらこの形をとります。よろしくご判断下さい。

というのが、本書（『出久根達郎の人生案内』）での私の姿勢である。

読売新聞朝刊の「人生案内」をまとめたものだが、この「人生案内」は、「身の上相談」のタイトルで一九一四（大正三）年に設けられ、以来、八十九年（二〇一三年現在では九十九年）も続いている長寿欄である。むろん、人生相談欄のパイオニアである。

大正三年というと、夏目漱石が『こゝろ』を発表し、阿部次郎が『三太郎の日記』を著わした年だ。

若き日の親友への仕打ちに懊悩《おうのう》する先生を描いた『こゝろ』と、エリート学生の屈折した悩みをつづった『三太郎の日記』。悩み事の解決に腐心し、一人で苦しむ近代人が文学に登場してきたのである。

あげく、『こゝろ』の先生は自殺する。自殺は、安易な解決である。小説だからそのような結末なのだが、作者の漱石は逆である。自殺を好まず否定した。

ある日、吉永秀《よしながひで》というファンの女性が、漱石を訪ねてきた。

彼女は自分の身の上を逐一《ちくいち》語り、漱石に助言を求めた。世にも不幸な結婚生活だったらしい。これを先生が小説に書く場合、女は自殺した方がよいと思いますか？　それとも生きているように書きますか？　最後に秀がそう問うて、漱石を見つめたという。

漱石はどちらにでも書ける、と答えた。

秀がいとま乞いした時、漱石は近くの電車停留所まで送っていった。秀が感激し、先生にこんなにまでしていただいて光栄だ、と言った。

本当に光栄に思うか、と漱石は聞き返した。思います、と秀は、はっきり答えた。

それなら死なずに生きていらっしゃい、と漱石が言った。

秀は、立ち直った。そのむね、漱石に手紙を認《したた》めた。それに漱石は返事を書く。


あなたの御話を伺った時私は非常に御気の毒に思いました然《しか》し私の力ではあなたをどうして上げる訳にも行かないと思いまして只今《ただいま》御手紙が参ってあなたはまだ東京に居られる事を知りましたそうして又《また》教師になって生活されるという御決心を知りました私はそれを嬉しく思いますどうぞ教師として永く生きて居て下さい　以上

十二月二十七日

夏目金之助

これは大正三年暮れの手紙である。

漱石は、まさに「人生の教師」であり、相談事の回答者として、これ以上の適任者はあるまい。少くともここに紹介する手紙は、吉永秀ならずとも、一読した者は慰められ、よし、がんばって生きていこう、と力づけられる。
卓説や良策が述べられているわけではない。当り前の言葉が、つづられている。しかし、漱石のまごころが、感じられる。あなたの悩みを、自分もまた悩みました、という飾らない心情が現れている。これぞ理想的な、悩める者への回答であろう。

『出久根達郎の人生案内』あとがき　中公新書ラクレ　二〇〇二年七月十日

漱石の若い読者たち

某市で、七十代の男性と懇談中、「この年になりましてね、漱石を初めて読みましたよ」と、照れくさそうに言いだした。

「読んでみると、面白いですね」

毎日読むのが楽しみで、とおっしゃるから、全集を少しずつ楽しんでいるのであろうか、と訊いてみると、意外や、新聞で読んでいる、との返事である。

「昔の新聞ですか?」驚くと、

「何の、現代の新聞ですよ」笑う。

地方紙に、漱石の作品が連載されていると聞いて、機転の働く新聞人がいるものだ、と大いに感心した。

中学校の教科書から、漱石と鷗外の作品が消えた。たぶん、このことに反応しての企画であろう。書物を手に取らぬ人も、新聞には目を通す。漱石の名を知っている人でも、わざわざ読もうとはしないが、新聞だと、つい読むのである。一回の分量が少ないせいもある。いやおうなく、目につくせいもある。本は、本屋に出かけないと入手できないが、新聞は向うから飛び込んでくる。いわば、漱石が自ら読者に話しかけてくる。漱石の作品は、もともと新聞に連載されたもの、その再現だから、不思議でも何でもない。実行する社が、今までなかっただけである。

『坊っちゃん』『三四郎』などの作品が、次々、登場しているとの話だが、試みが成功したと窺えるのは、七十を過ぎて、初めて漱石を読んだ人の感激ぶりである。同じような読者は、多いだろう。新聞は、功徳《くどく》を施したというべきである。新しい漱石読者が、続々と誕生していることを考えると、何だか胸がはずんでくる。

以前、漱石と同時代に生きた人たちが、何歳ごろ漱石作品に親しんだか、ふと気になって、調べたことがある。いや、調べた、といえるほどの、時間を費したわけではない。いろんな人たちの自伝を読みながら、その一点を頭の隅に置き、注意した。

すると、旧制中学二年か三年が多い。年齢でいうと、十四、五歳である。

渋沢栄一の四男、秀雄は、実業家として、田園都市株式会社をおこし、モダンな住宅街田園調布を造ったが、一方、随筆家としても鳴らした。

秀雄が中学二年生の時、クラスに久保正夫という、すこぶる早熟の秀才がいた。漢詩人、久保《くぼ》天随《てんずい》の弟である。西欧の文学や美術に詳しく、また日本の小説も幅広く読んでいた。

秀雄はこの久保に、漱石の『吾輩は猫である』を勧められた。『猫』の上篇が出版されたのは、明治三十八年十月で、久保は恐らく発売と同時に購入し読んだ、漱石の最初期読者の一人だろう。

『猫』に感動した秀雄は、翌三十九年五月に発売された『漾虚集《ようきょしゅう》』を買った。藍色の布装の表紙、菊判で天金、アンカットのこの漱石の第一短篇集は、定価が一円四十銭である。当時、郵便代が、普通の封書三銭、はがきが一銭五厘。現在は八十円と五十円だから、単純に郵便料で書籍代を計算してみると、三千七百六十円となる。

中学生には、かなり高価な買い物であったろうし、苦もなく購入できる秀雄は、さすが財閥のお坊っちゃんである。

秀雄はこの本を持って、夏休みに、沼津に避暑に出かけている。新橋から乗った汽車の三等一人旅も、『漾虚集』に読みふけって、少しも退屈でなかった、と記している。東京から沼津までの汽車の旅は、五時間ぐらいかかったそうである。

『漾虚集』には、「倫敦塔」他六篇が収められている。中学生が好むような短篇ではない。

秀雄同様、中学二年（あるいは三年）の春頃、初めて漱石に親しんだ人に、井伏鱒二がいる。井伏は、大阪朝日新聞の連載を読んだ。同じ文章のものが、二日続けて出たので不思議に思い、近所の家に帰省中の教師に見せに行った。教師も毎日愛読しているが、気づかなんだ、と首をひねった。「どうして気がつかなかったらう。しかし、何度でも読める文章だからな」と言った、と「五十何年前のこと」に記している。

新聞社が誤って、重複掲載してしまったのである。井伏は、はからずも、その時の読者であった。

井伏と同年の生まれで、しかし十日ほど兄貴分である作家、尾崎士郎は、小学校六年生（明治四十二年）で、漱石の小説にのめりこみ、それまでに出た作品を全部読了した。作家、有吉佐和子も小学生の時、父の書棚の漱石全集を読破している。

漱石書簡集の中に、小学六年生の読者あての返事が収録されている。漱石の『こゝろ』を読んで、主人公の「先生」の名をたずねた手紙に、先生はもう死去した、名前はあるが、あなたが覚えても役に立たない人です、と認《したた》めた返事だが、この読者の名を松尾寛一という。児童文学者の西村恭子さんが、この少年の事蹟を調査した。それによると寛一は、江戸末期から綿布の仲買で財を成した松尾嘉七郎の長男で、高等師範に入学後、長野県に演習に出かけた折り、雨に打たれたのがもとで肺結核に罹患し、三年間療養ののち、大正十二年一月に、二十二歳で亡くなったという。

漱石の寛一あて書簡は、寛一の弟の金次郎氏が大切に保存され、先だって姫路市の姫路文学館に寄贈された。

漱石が律義に返事を認めた小学生の読者には、もう一人、西原国子という人がいる。ご健在なら百歳になるが、どういう生涯をたどられてきたか、知りたい。漱石文学がどのような影響をその人に与えたか、いわゆる有名人でないかたがたの例が知りたいのである。漱石書簡の宛て名で、「経歴不詳」とされた人たちの生涯である。さまざまのドラマをお持ちなのではあるまいか。

『吾輩は猫である』上篇が発刊された年に生まれた、紀伊國屋書店創業者であり作家の田辺茂一は、中学二年の時に、漱石文学と出遭い、のめりこんでいる。

東京帝大を卒業したばかりの高田真治（のち京城帝大や東京帝大教授）が、漢文の教師として赴任してきた。田辺たちは高田に「坊つちやん」というあだ名を進呈したという。このあだ名は、田辺の例に限らず、恐らく全国の学校で流行したのではないか、と思う。

中国に内山書店を開き、書物で日中交流を果した内山完造が、ある時、漱石全集はないか、と客に問われた。あいにく揃いが無く、三冊欠本の十七冊だけ在庫している。不揃いだから、安い。欠本が入ったら送ってくれ、と客は不揃いを引き取った。その後、欠本を入手したので連絡すると、十倍もの金を客が送ってきたという。こういう客の事蹟が知りたいのである。漱石文学を、心から愛し、心の糧とした無名の人たちの人生を。漱石文学に劣らぬ感動のドラマなのではないか。

『漱石全集　第十九巻』月報19　第二次刊行　岩波書店　二〇〇三年十月

漱石夫妻の手紙

似たもの夫婦とはよく言ったもので、長く生活を共にしていると、性格から趣味から好き嫌い、物の見方、感じ方、など不思議に似てくる。声も、しゃべり方も、そっくりになる。顔も、しぐさも、瓜ふたつになる。

筆跡だって、見分けが、つかない。最近、一番驚いたのは、漱石夫妻である。いや、漱石夫人の筆跡である。

たまたま鏡子夫人の書簡数通を、見る機会があった。

漱石の手紙は、文学館や文学展で、必ずと言ってよいほど展示されている。また全集や雑誌の写真で、しばしばお目にかかる。しかし、夫人のそれは、まず見ることはない。

これは仕方のないことである。漱石は文豪だが、夫人はそうでない。執筆の手助けをした様子もない。名作の誕生に、深く関与した形跡は、見当らぬ。世間一般の主婦と同様の、家事と育児に追われる生涯を送った女性にすぎない。

けれども、漱石ファンは、鏡子夫人に付いてまわる伝説を知っている。

悪妻説、である。

漱石がロンドンに単身留学した時、夫人はめったに手紙を書かなかった。漱石は不安がり、自分で書けなかったら両親に頼め、黙っているのはよくないぞ、とたしなめている。半年間に二通、というから、なるほど、漱石がじれるのも無理はない。夫人は、よほどの筆不精だったに違いない。

また夫人は健康法や占いなどに凝る性癖で、漱石に何かにつけ皮肉られている。

朝寝坊のため、熊本五高教授時代の漱石は、朝食抜きで学校に行った、等々、「悪妻」たるゆえんのエピソードがいくつもあるが、しかし、これらはご愛敬のようなもので、どこの家庭にもあるもの、「悪」と非難するほどのことではない。漱石夫人の悪妻説くらい、うさんくさいものはないといえる。

実像は、どうなのか。漱石ファンは、知りたいのである。夫人の筆跡を目にした時、一瞬、私は漱石のそれかと疑った。

全く、そっくりである。特に、封筒の上書きが、漱石と見まがう、のびのびとした筆致である。女性の手になるとは思えない、太筆の大らかな文字である。

文章も、似ている。例を示そう。

明治四十三年六月、漱石は長与胃腸病院に入院した。退院したのは七月の末である。門下生の、宮内省式部官・松根東洋城（豊次郎）に勧められ、八月六日、療養のため伊豆の修善寺温泉に出かけた。松根は北白川宮の御用掛《ごようがかり》として、修善寺温泉の菊屋本館に滞在していた。漱石が到着した日は、あいにく本館も別館も塞《ふさ》がっていた。松根が部屋の予約を取らずに、漱石を呼んだらしい。その夜は離れに入れてもらい、翌朝、松根が菊屋に交渉した。本館に一室だけ空きがあるとのことだった。しかしその部屋も十日には予約が入っているので、移らねばならない。漱石はいやになって、四、五日のうちに帰宅する、と大人に手紙を書いたようである。

翌日、伊豆や関東、東北など広い範囲にわたって豪雨が襲い、各地に大洪水が起きた。東京の下町一帯は、水に浸《つ》かった。東京の浸水戸数は、実に十八万五千戸といわれる。

この夜、漱石は胃《い》痙攣《けいれん》を起こした。病気の再発である。いわゆる「修善寺の大患」の始まりであった。

十二日、松根は鏡子夫人に、手紙で病状を知らせた。容易ならぬ事態であった。すぐ駆けつけるように、と書いたらしい。しかし相変らず雨は降り続いており、乗り物も不安なので、病床の漱石は夫人の足を心配した。来るに及ばない、と松根に電報を打たせたようである。この電報が先に夫人に届き、続いて、松根の手紙が着いたらしい。夫人は何が何だかわけがわからず、大いに面くらった。十六日、てんてこ舞いを舞った旨を記して、松根に送った。

以下の手紙がそれだが、荒正人《あらまさと》の労作『漱石研究年表』（集英社）では、夫人の手紙は漱石宛になっているが（森田草平推定、と注）、事実は、松根豊次郎宛である。

「度々《たびたび》御手紙で御いそがしい時を有難《ありが》とうございました。電報が先へ来て何だか様子が分らず、トンチンカンで変だと思ひました。十四日に届いた手紙見てやつと訳が分りましたが、病気と聞《きい》て大心配、電車不通で行く事が出来ず、電話でもかけてと思ひ、山田さん云《い》ふ家へ出かけました（注・牛込区弁天町の国際私法学者・山田三良《さぶろう》宅）。不即（測）の事故《ゆえ》今日中には通じません。それでは至急電報でねがひますと云ふのが、三時頃から夜の十一時頃。やつとつうじて話しをしました。もう大変いゝと云ふ事で、少し落付きましたが、来なくてもいいと云つては居りますが、東京で心配して居るより参りましようと、思つて居ました。電話をかけた様子と又あなたに二度めの御手紙、大変私の参るのを差しとめて御《お》出《いで》遊ばしますが、どうも訳が分りません。御手紙の文、急いで参る事もないやうですが、とにかく電車の全通次第参ります。たとへ小宮さんが（注・漱石門下の小宮豊隆）居ても、私が参ります。家の事は留守でも差支《さしつかえ》なきやう致して置きます。何分にも御用の多い時を、いろ〳〵御心配下さいまして、御礼の申上やうもありません。あなたでも御出がなければ、少しも分らず知らないで居りますのです。先生（注・漱石のこと）にお聞きになれば分りますが、家でも小供の茅ケ崎も心配（注・大きい子どもの避暑先）、又、私の妹が箱根の福住（注・旅館名）で、着のみ着のまゝ逃げ出したさうで、又森田さんは（注・漱石門下の森田草平）西片町のがけがくづれて九死一生です。少し大そうすぎるから五死五生を得たわけ。顔に少しけがをしただけで、すみました。そんなこんなで電話を一つかけに出かけると、半日つぶしたところへ、又修善で病気と聞て、何だか体が落付かず病気になりました。其後御手紙がありませんから、宜《よろ》しい事と思ひますが、とにかく全通次第出かけます。
鏡子　八月十六日　豊次郎様」

読みやすいように、適宜、句読点と濁音符を施した。

右往左往している中で記しながら、「九死一生」は大層すぎるから、「五死五生」だ、などと軽口を叩いている。この辺《あた》りが漱石を思わせるが、次の漱石の手紙と読みくらべてほしい。

大正元年の暮れ、漱石は松根に浅草の日本料理屋深川亭に誘われていた。小宮豊隆も一緒である。然《しか》るに当日は大雪になった。結局、漱石は外出をやめた。松根は正月に帰郷しており、お詫びの手紙は年を越した十七日に書かれた。松根が国元より上京し能楽の会に出席、との記事を新聞で読んだからである。

「啓上くれの廿九日には御約束のとほり深川亭へ参るべき筈の処生憎《あいにく》雪ふり早稲田の奥より両国まで出掛けるのが難義にて失礼致候尤も小宮君は厳格に約を重んじ拙宅まで祓参《まいられ》候それを小生引きとめ此天気では松根君も疑がはしき故やめても差支あるまじと申候是は大兄より小宮の手紙に対して御返事なかりし由故或は不参ならんと此方の都合よきやうに解釈致したる過失に候そこで電話にて御通知に及ばんと色々工夫を費やし候処生憎《あいにく》断線にて毫も通ぜず。電報にては時間おくれ已《やむ》を得ず其儘《まま》に致し候。使者を御宅（へ）走らする事さへ時間及ばず（尤も是丈《これだけ》は其時小生の頭に浮ばず候ひし）右の訳にて不行届の段御詫（略）」

漱石は候文だが、何となく夫人の言いわけと、ニュアンスが似ていると思いませんか？鏡子夫人が修善寺に駆けつけたのは、八月十九日の午後だった。五日後、漱石は夫人につかまって大吐血をする。三十分ほど人事不省に陥《おちい》る。東京の子どもたちに、すぐ来るように、と電報が打たれた。

漱石が危機を脱して回復するまで、夫人は修善寺にとどまって看護した。医者の許しが出て、漱石が東京に戻ったのは、十月十一日である。そのまま長与胃腸病院に入院した。

翌年、漱石は関西で講演中に、再び吐血し、湯川胃腸病院（注・湯川秀樹夫人の実家）に入院した。鏡子夫人は、東京から駆けつけた。入院は約一カ月、夫人はずっと付き添っていた。看病疲れで、半病人になった。

東京に戻ると、今度は漱石は痔の痛みに苦しみだす。その頃、夫人が松根に宛てた手紙である。

「度々御手紙で添うございます。又返事を書《かか》ないと怒られるから、おはずかしいけれど一寸《ちょっと》申上ます。大坂より帰東致《いたし》、夕方から少々熱が出て居ると、兼て大坂の病院に居る時から悪かったぢがいたみ出して、二日ばかり大変なくるしみやう、だんく〳〵と外科医が来て見る。ぢもあるが、いたいのは、ぢのきず口からバイキンが入て、こうもん右側へ腫物が出来て、それがいたむので夜もねられぬさわぎ。ぢが悪いから早く切る方が宜《よい》と云ふ訳で、昨日手術をしてもらひました。一寸位の深さにきりました。それが為すい眠がつよいので心配して居ります。経過も云い方ですからいしやは心配ないといひますけれど、何だか不安でたまりません。あなたも耳が悪いそうで、如何でございます。御大切に。病人胃の方は何ともなし　九月十七日　鏡子　松根様」

　これを読むと、漱石は病中、夫人に命じて手紙を書かせていたようである。来信に返事を忘れると、雷を落していたことがわかる。看護に、来客の応対、雑事の消化、等々、鏡子夫人、席の暖まる暇もない。

　漱石は毎週木曜日を、来客や門下生との面会日にしていた。門下生たちのそれは、いわゆる「木曜会」である。多い時は、居間に入りきれないほど集まった。大抵、食事がふるまわれ、これは夫人の仕事であった（松根も時に腕をふるっている）。これは明治四十年十月九日の夫人のはがき。松根に宛たもの。

「明後日木曜に松竹（茸）めし抔《など》こしらへて皆様に差上たいと思ますから其他には何も御馳走はございませんがお帰りがけにお出をねがひます但松竹ももらひ物ですよ　くり飯のほっく（発句）が出来ましたら私にも何

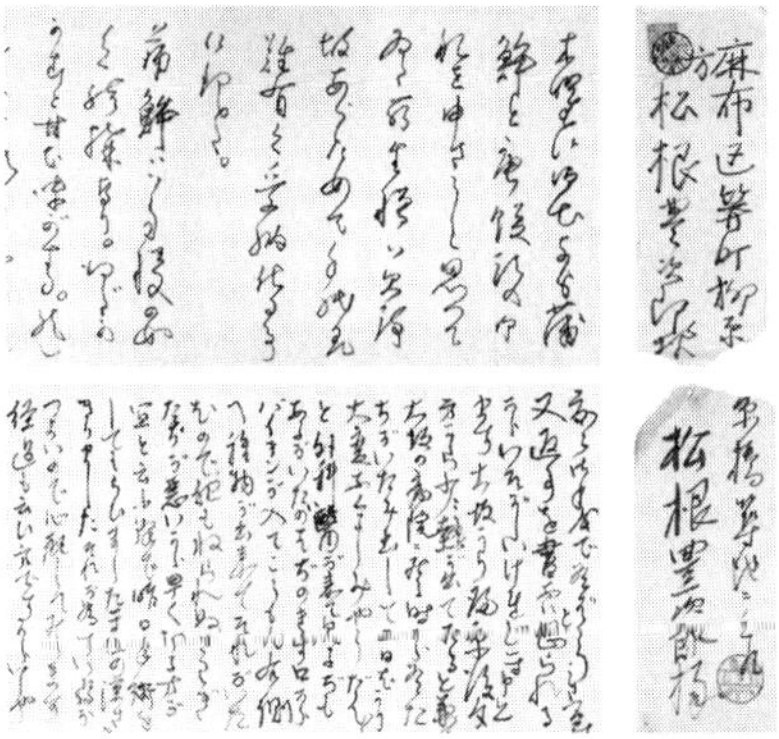

松根豊次郎に宛た漱石の手紙（上）と鏡子夫人の手紙（下）（写真提供：文藝春秋）

か作て下さい」

　こんなはがきもある。明治四十一年五月八日消印。松根宛。

「先日はおすし残念でした。あの朝は寝て居てすっかり失礼をいたしました。よく寝られたおかげで、一日いいきもちでした。松根さん寝ないで又頭がいたいといつて、ふさいで居るのでしやう。今頃あたりは又あをいかほをして、家へお出になるやうな気がしますよ。小宮さんが来て居ますよ。やっぱりあをいかほをして。家では主人がしつれんで、奥方がつわりで、小供は何でしやうかね」

　夫人は松根に頼まれて布団の接《つ》ぎ当てもしている。「はぎ」（接ぎ）がうまくいかない、もしいやだといけないと思い、中止した、と報じるはがきがある（意外や、夫人は大層な筆まめである）。松根ばかりを、ひいきにしたわけではあるまい。たまたま松根に宛てた手紙だけが見つかったから、特別に思えるので、夫人は他の若い門下生たちにも同様、母親がわりを務めていたようである。彼らは時に、金を借りることもあったようだ。

　漱石が自分で付けていた金の貸付簿が残っている。森田や鈴木三重吉の名が見える。抹《まっ》消《しょう》されていないのは、多分、返済してないからだろう。師に甘えた彼らは、夫人にはもっと甘えたに違いない。

　たとえば門下生の一人、内田百閒《ひゃっけん》は、リューマチ治療で湯河原温泉に滞在中の漱石を訪ねて、二百円の借金を申し込んでいる。手元にそんな金は無いから、妻に出してもらえ、妻に連絡しておく、と漱石は承諾する。百閒は結局、二百五十円を拝借したようである。大正五年のこと、この年、大卒の銀行員の初任給が四十円というから、かなりの大金である。百閒は大学を出て、陸軍士官学校などの教師になったばかり、高利貸しに責められていた。そんな若者に大枚を貸す漱石も太っ腹だが、亭主の指示で現金を揃える夫人も、輪を掛けて大きいと言わねばなるまい。夫人は百閒に金の使途を訊問した様子もない。百閒を信じた、というより、亭主の人を見る目に、全幅の信頼を寄せていたのである。

金を借りる者は、相手に頭が上がらない。自分の不甲斐《ふがい》なさを棚に上げ、往々、蔭で悪口を放つ。鏡子夫人「悪妻」説は、若者特有のワルぶったところと負け惜しみから出たものかも知れない。誤解なきよう言い添えれば、特定の門人を指すのではない。むろん、百閒ではない。誰でもない。しかし誰にもある「若さ」から発せられた噂、という風に受け取っていただきたい。

さてこの年の暮れ、漱石は四十九歳で死去。漱石の遺体は、夫人の希望で、東京帝大において解剖に付された。漱石の死は、医者にみとられての尋常な死であるのに、妻が解剖を願うのは、この時代、きわめて珍しいことだったと思われる。松根は夫人に相談されて、ただちに賛成した。

漱石は二男五女の子福者だが（妻と仲が良かった証拠である。「悪妻」に、七人もの子を産ませるだろうか）、五女のひな子を二歳で死なせた時、解剖して死因を調べるべきだった、と夫人に悔いた。ひな子は、何の前触れもなく、食事中に、突然、絶命したのである。ひな子の死をむだにしないで、世の人の為にすべきだった、ひな子もそれを望んでいただろう、と繰り返し夫人に語った。

解剖して世人に役立てる。死を有益に活用する。この考えは、再度むし返され、夫人に告げられたと思われる。それはひな子が急死して十カ月後の、乃木大将殉死の折りに違いない。

乃木大将の遺書が公表された新聞を、漱石は当然読んだであろう。遺書の第十条に、死骸は石黒忠悳《ただのり》男爵に願い置いたが、医学校に寄付する、とある。医学生の教材にしてほしい、と望んでいた。この文言に、漱石は感動し共鳴した、と推測する。夫人に同じような躰《からだ》の処置を頼んだのだと思う。

夫人は、拳拳服膺《けんけんふくよう》したのである。かくて長与又郎博士の執刀により解剖され、脳と胃は東京帝大医学部に寄付された。

鏡子夫人は明治の女性には珍しく、近代的な考えの持ちぬしだったように思われる。それは漱石と生活を共にしているうちに、漱石の思考に感化されたのである。いつの間にか、手紙の文や筆跡が、「先生」に似るのも、むべなるかな。何より夫人がすばらしいのは、異常に神経質で、年がら年中、病気に悩まされていた「先生」のご機嫌を、上手にとり結んだことである。何しろ入院中の「先生」から、こんな手紙が送られてくるのだ。並の妻なら、切れて「実家に帰らせていただきます」だろう。

「修善寺大患」の体を長与胃腸病院で労《いたわ》っている時の手紙。

「きのふ御前から御医者の礼の事に関し不得要領の事を聞かされたので今朝迄不愉快だつた（略）おれの考通り着々進行する事は六づかしいが、病人の方から云ふとあんな事は万事知らずにゐるか、さうでなければ一日も早く医者にも病人にも其他の関係者にも満足の行く様にはやくてきぱきと片付く方が心持がよろしい」

そう記したあとで、「一　渋川に返す本の事を忘れてはいけない。一　野上に謡《うたい》の本をどうする積《つもり》だときく事を忘れてはいけない」と注意と指示があり、自分が休息できるのは病気中のみ、自分にはありがたい病気なのだ、わずらわせないでくれ、うんぬん。これでは駄々っ子の言い草で、膨大な治療費や見舞い御礼の工面に頭を悩まされ、奔走している夫人の、立つ瀬があるまい。

漱石夫妻は、一面で近代的思考のカップルで、他方、いかにも明治時代そのまま、男尊女卑の色合い濃厚な、不思議な取り合わせであった。

『文藝春秋　特別版「夏目漱石と明治日本」』臨時増刊号　二〇〇四年十二月

いろんな漱石

今年（二〇〇五年）は漱石が『吾輩は猫である』を発表して、ちょうど百年目に当る。この作品について感想を書け、と依頼があった。

正月のことでもあり、雑煮を盗み食いした「吾輩」が、歯にひっついた餅に往生する場面を紹介した。餅は魔物だな、と猫がへきえきする。奥座敷では子どもたちが、「何と仰《おつし》やる御猿さん」を歌っている、と書いた。この部分は原文を引用したのである。

原稿を送ってまもなく、編集者から電話が入った。「あのー、子どもたちが歌っている個所ですが……」

「ああ。何とおっしゃるお猿さん、ですね？」

「ええ。このお猿さんなんですが」

「昨年の干支《えと》は申《さる》だったでしょう。それにひっかけて引用したんですがね」

「これ、『兎《うさぎ》と亀』じゃありませんか？　明治の唱歌の」

「そうですか。気がつかなかった」

「とすれば、ここはお猿さんでなく、兎さんが正しいんです」

「漱石全集には確か、御猿さん、と出ていたはずだが」

「実は私の手元の全集では、兎さんなんです」

「すると、私の全集は誤植？」

あわてて調べてみる。私が参照した全集は、一九九三年十二月刊の岩波書店版第一巻である。編集者氏のそれは、同じ版元の十八巻ものの漱石全集で、一九八四年十月刊の第一巻なのである。調べてわかったが、私の全集は漱石の肉筆原稿を基にしており、編集者氏の全集は、単行本の初版を基にしている。文章の細部が異なるのである。

移動図書館で借りた全集

たとえば、『虞美人草《ぐびじんそう》』では、列車の乗客が食堂車へ行こうと、「隣りの列車」へ行く。これは単行本に収録される際に、「隣りの客室」と訂正されている。

私は引用は新しい全集が良い、と単純に考え、そのようにしたが、引用に限っていえば間違いであって、単行本を底本とした旧版の全集によるべきなのである。

「いやあ。いろんな漱石がいるんですね」編集者氏が嬉《うれ》しそうに笑った。「全集によって漱石の文章が微妙に違うなんて面白い。どの全集で漱石に接したか、聞いてみる必要がありますね。漱石読者形成史の研究ができます」

漱石は「国民作家」だから、これまで何十種もの全集が刊行されている。岩波書店版だけでも、大正六年の第一回全集以来、十二回も、形を変え、冊数を増やし、出ている。

私が初めて漱石全集に親しんだのは小学四年の時（昭和二十八年）だが、移動図書館で借りたそれは、昭和の初めに出た、赤地に白抜きの石鼓文字《せっこもじ》布装の美しい本だった。漢字にふりがながあるので、小学生にも楽に読めたのである。今でも私の漱石全集のイメージは、この時の装幀であって、これ以外の全集は漱石のものと思えない。人は初めて漱石に親しんだ時の本によって、「私の漱石」像を、それぞれ作っている気がする。編集者氏の言うように、「いろんな漱石」がいることになる。

『サライ』二〇〇五年六月二日号

坊っちゃんの「武器」

今年（二〇〇六年）は夏目漱石が『坊っちゃん』を発表してから、ちょうど百年になる。百年間も愛読されてきた小説は珍しい。

何が私たちを夢中にさせるのか。「坊っちゃん」の、いちずな正義感であるか。無垢《むく》な青年の、ういういしさであるか。社会に飛び出して、いろいろな体験をする。「坊っちゃん」の行動は危なかしく、読んでいてハラハラする。まるで今の自分のようだし、かつての自分のようでもある。「坊っちゃん」像に自分を重ね合わせて読む人は、多いのではないか。

私の知人は、ラストシーンの痛快さだと言う。つまり、俗物の教頭「赤シャツ」と「野だいこ」を、「坊っちゃん」と「山嵐」が鉄拳《てっけん》制裁をするクライマックスである。腕力に訴えるのは無法だ、と「赤シャツ」が抗議する。山嵐が言う。「貴様の様な奸物《かんぶつ》はなぐらなくつちや、答へないんだ」

私たちは日常、さまざまの不満を抱いて生活している。本当はなぐってしまえば気がすむのだが、そうもいかない。山嵐のセリフは、日頃の私たちの心の声である。

一方の坊っちゃんは、着物のたもとに入れていた生卵を、野だいこの顔にたたきつける。

合計、八個ぶつける。読者が拍手喝采《かっさい》する場面である。

坊っちゃんはぶつけるために卵を用意していたのではない。下宿のおかずが、毎日サツマイモの煮つけなので、「営養」をとるため、やむなく卵を買い置きし、食事のあと二個いただくのである。この日、その卵を仕入れて持っていたわけだ。

私が、『坊っちゃん』を初めて読んだのは、小学四年生の時だった。漱石全集で読んだのだが、総ルビなので楽に読めたのである。意味のわからぬ言葉が出てきても、小説のよいところは何となく通じる。

坊っちゃんが、生卵をぶつけるシーンは、私もまた快哉《かいさい》を叫んだ。それと同時に、子ども心に、ああ、もったいない、と感じた。戦争が終わって、食べ物の無い時代に、私は育った。卵は、貴重だった。病気見舞いに使われる品であり、病人でもないと口にできなかった。一個の生卵を、家族全員で食べた。醤油《しょうゆ》で量を増やし、均等に分けてご飯にかけかっこむ。

わが家は、まず私が一番先にかける。白身がどろりとご飯にのって、誰よりも量が多いから喜んでいた。今思うと、私は、卵の一番うまくない部分を、喜んで食べていたわけだ。

『坊っちゃん』の時代、鶏卵は百匁《もんめ》十五銭くらいの値段らしい。百匁は、三百七十五グラムだが、卵一個は大体六十から七十グラムの重さだから、十五銭で六個ほどだろうか。もっともこれは東京の相場である。坊っちゃんのいた愛媛県松山では、もう少し安かったかも知れない。坊っちゃんがふた皿食べて生徒にひやかされたダンゴは、七銭である。また山嵐におごられた氷水が、一杯一銭五厘。いずれにしろ、坊っちゃんの「武器」は、もったいないが安上がりである。

『しんぶん赤旗』二〇〇六年二月十六日号

素顔の「坊っちゃん」

名作というものは、すべてそうなのだが、特に漱石の『坊っちゃん』は、読む本によって、新しい感動を受ける。漱石全集の一冊で読むのと、文庫本で読むのと、印象が異なる。

このたび、風間《かざま》杜夫《もりお》氏の朗読で聞いた『坊っちゃん』（新潮社）は、何度となく本で読んだ「坊っちゃん」とは、全く違う印象の「坊っちゃん」だった。目で活字を追って得た坊っちゃん像と、耳で聞いて頭に描いた主人公のイメージは、別人のようである。風間氏の「坊っちゃん」は、明治の若者と思えない、新鮮な躍動感がある。現代に生きる「坊っちゃん」である。これは嬉しい発見だった。

最初、実は耳で聞いてわかるだろうか？ という不安があったのである。漱石特有の古風な言葉遣いが、正しく理解できるものか。たとえば、「簡単」を、漱石は「単簡《たんかん》」と書く。「おれは単簡に当分うちは持たない」とつづる。また、「筒《つつ》っぽう」だの、「瓦解《がかい》」だの、「後架《こうか》」だの「手車《てぐるま》」など、耳慣れない言葉の連続である。目で見ると何とか意味が通じるけれど、耳で聞いて果してどうか。文字の形さえ想像するのがむずかしいのではないか。

心配することは、なかった。立派に、通じるのである。読むより、わかりやすい。

ひとえに、風間氏の朗読の力である。やや早口の朗読は、江戸っ子の『坊っちゃん』を思わせて、リアルである。いつのまにか聞き手は、『坊っちゃん』の体験談を本人の口から聞いているような錯覚におちいる。『坊っちゃん』って、こんな声で、こんな風にしゃべっていたんだ、と納得してしまう。

「肉声」の『坊っちゃん』から、いろんな発見をする。『坊っちゃん』は決して笑わない若者のイメージを持っていたが、実は笑う。清《きよ》が笹飴の笹を薬だと言って食べるのを見て、大きな口をあけてハハハハと笑う。夢なのだが、このシーンは黙読では気づかなかった。風間氏が笑ったので、わかった。素顔の『坊っちゃん』を見たような気がする。

『The CD Club』二〇〇七年五月号

漱石の新しさ

昨秋、東京で「文豪・夏目漱石」展が開かれた（二〇〇七年九月二十六日～十一月十八日、江戸東京博物館）。広い会場が午前中から客でひしめきあうほどの盛況だった。亡くなって九十二年、漱石のこの人気の理由は、一体、何だろう？

本書（秋山豊『漱石の森を歩く』）は、「漱石はなぜ新しいのか」の章で始まる。つまり、人気のゆえんである。

著者は元・岩波書店の編集者で、一九九三年より刊行された新しい漱石全集の編集に携わったかたである。従来の漱石全集は、初版本や再版本を原本に編まれたが、新しい全集は漱石の肉筆原稿を基に作られた。作家は新聞雑誌発表に当って、当然、文章に手を入れる。単行本化で更《さら》に行う。漱石も例外ではない。どんな風に変改したか、は著者の前著『漱石という生き方』に詳しい。

本書にも、むろん、全集編纂《へんさん》の苦心話は出てくる。漱石の一字一句に誤りはないか、と目を光らせ、はてな？　と疑わしく思う文字は、とことん調べる。

たとえば、「野分」の原稿に「越後の高岡」と出てくる。高岡は富山県の都市だから、越中が正しい。越後なら高田か長岡である。漱石はうっかり間違えて書いたに違いない。

そこで掲載誌を調べると、案の定、「越中の高岡」とある。ところが単行本では、「越後の高岡」である。どういうことであろう？

新しい全集は原稿による方針だから、ここは「越後の高岡」でよいわけで、原文のままと注記すればすむ話だけれど、著者は気がすまぬ。ちなみに旧全集は「越後の高田」となっている。思いわずらったあげく、ここは旧全集に従うことにした。刊行後、読者から漱石の未発表はがきのコピーが送られてきた。

雑誌で「野分」を読んだ人あての文面で、「越中の高岡」は誤り、長岡をわざと高岡と書いた、と釈明している。単行本で原稿通りに戻させたのは、漱石本人だったのである。なぜこんな妙なことが起きたか。著者は調査する。漱石は大学時代、弓道部にいた。その時の仲間が、長岡中学の校長を務めていた。「野分」のモデル探しで、友人に迷惑がかかってはいけないと配慮したのである。

もう一つ。漱石の著書『漾虚集』には、日付の異なる初版が存在する。この事実は、初版本愛好家には衝撃的だろう。古本屋の私も、仰天した。そして気絶せんばかりのショックを受けた。

この本の初版は、「明治三十九年五月十四日印刷　同年五月十七日発行」である。ところが、江藤淳著『漱石とアーサー王伝説』の口絵写真の初版本奥付は、「五月十五日印刷　五月十八日発　行」である。『漾虚集』はあっという間に初版が売り切れ、一週間たたずに再版された。一日違いの日付は初版と再版を表わしているのだろうか？　とにかく現物に当ることだ。著者は探しまわる。江藤氏紹介の初版に、ついに出合う。その奥付を丹念に観察する。何か変だ。『漾虚集』の再版本と比べてみる。

再版本の日付は、こうだ。

明治三十九年五月十五日印　刷

同　年五月十八日発　行

同年五月二十二日再版印刷発行

再版の日付表記が、隣の印刷発行と同じ長さに揃《そろ》えてある。そのため「発　行」「印刷」と間が空いている。ということは五月二十二日再版印刷発行の一行を、だれかが故意に削り取ったのである。

なぜそのようなことをしたか。漱石著書の初版が、古書で高価だからである。

江藤氏も再版本を初版本と信じていた。ニセ初版本が堂々と横行している。古本屋の私が気を失いかけたのも、この事実を全く知らなかったからである。

本書にはこのような話が、次から次に展開する。実に些細《ささい》な事柄に疑問を覚え、確証を求めて探索する。何事もおろそかにできぬ。編集者という職業のさがだが、漱石文学には調べねばならぬ事柄が、まだまだあるということである。これが漱石人気の理由の一端だろうし、漱石の「新しさ」なのである。

『熊本日日新聞』二〇〇八年三月十六日

「漱石学」の一成果

夏目漱石は「国民的作家」というより、漱石という学問だ、と言ったら奇矯《ききょう》に過ぎるだろうか。

いや、学問に違いない。哲学や倫理学、社会学、文学、数学と同じく、「漱石学」という学なのである。それが証拠に、漱石の研究書が、気が遠くなるほど数多く出ている。明治以降の作家で、漱石くらいたくさん論じられた者はいない。断トツ、といってよい。ありとあらゆる論文が出た。なお、次から次へと、発表されている。尽きることがない。漱石鉱脈は、いまだに、底が見えない。どころか、意外なところに新鉱が発見されたりする。すなわち、巨大な学問なのである。研究しがいがある、というものではないか。

漱石学は、何も理屈ばって取り組む必要はない。楽しみながら勉強できる。そこが、普通の学問と異なる。

たとえば、古本屋の私は、商売柄、古本と漱石の関《かかわ》りに興味がある。

ロンドン留学中、漱石は食費を削って古書を買い漁《あさ》った。雨の公園を歩きながらビスケットをかじり、水を飲み、それで昼をすませた。ベンチは濡《ぬ》れており座る場所もない。人目を気にしつつ、うろつきながら、一枚ずつポケットから焼き菓子を取りだして口に入れるわびしさは、経験した者でなくてはわかるまい。

そうまでして、ほしかった古書を購入する。パン代のために、時に蔵書を売ることはなかったろうか。その場合、何の本を手放しただろうか。古本屋の私は、具体的な書名や売り払った際の価格が知りたいのである。漱石は買った本の名はメモしているが、売り払っただろう本の記録は残していない。

それでは今となると、追跡しようがないではないか。いや、ある。手がかりは、あるのだ。数年前、私はロンドンの古書店を数軒まわった。通訳の人に頼んで、聞いてもらったのは、日本語の書き入れのある本の有無だった。残念ながら一冊も見つからなかったけれど、網を張れば必ず漱石につながる本が引っかかるのではないか、と思っている。

漱石は蔵書に書き込みをする作家であった。個人全集で、この書き入れの文章が収録されているのは、漱石ただ一人である。

「何ダ何ダ」「何ノ事ダカ分ランデハナイカ」「コンナ論ハ分ラナイ」「僕ノ説ト同ジ」「愚作ナリ」

感想批評など、ページの余白に書きつけたくなる癖があったらしい。名画展カタログの「モナリザ」の項に、「×不惑」と記されている写真が、江戸東京博物館・東北大学編『文豪・夏目漱石』（朝日新聞社）に出ている。モナリザがお気に召さず、「惑わず」と記したのか、自戒の意味の語か、判然としない。

それはともかく、漱石が古本屋に売ったかも知れない本には、漱石の痕跡《こんせき》があるはずだ。書き込みは英文でも行っている。漱石の筆跡を研究すれば、見分けがつくだろう。イギリスの古本屋には、未知の漱石が埋もれている、と私はにらんでいる。

こんな具合に、漱石鉱脈には、まだまだ貴重なお宝がひそんでいる。

たとえば、漱石は書物の装幀《そうてい》に並々ならぬ情熱を注いだ人で、明治の文学者では珍らしい。漱石の著書は、いずれも美術品のようなすばらしい装い《よそお》と造りである。留学時に、アールル・ヌーヴォーに触れた影響だが、自著の『こゝろ』は、箱、表紙、見返し、扉、奥付、検印など、全部自分で考案し描いている。

序文で、装幀について述べている。「今度はふとした動機から自分で遣つて見る気になつて」とある。この「ふとした動機」が知りたい。動機から漱石の装幀観を探り、漱石著書、及び同時代の装幀を研究すれば、「日本近代装幀史」にまとまるのではないか。

たとえば、漱石が幼時を過ごした浅草の町は、文豪の人格形成にどのような働きをしたか、たとえば、なぜ漱石が博士号をいやがったのか――というように、いくらでも調査研究する材料はある。ただし、漱石の文学が、いや、漱石その人が、好きで好きでならぬ、理由なく好きである、という者でなければ、到底、面白い論考にはならない。

本書（『漱石、ジャムを舐める』）の河内一郎さんは、まさにそういうかたである。だから、本書のような研究が生まれた。タイトルが、いい。熱烈な漱石ファンでなくては、思いつかないタイトルである。

漱石が舐《な》めたジャムが、どのような種類で、かつ、いくらぐらいの品であったか、を調査する。

どうでもよいような事柄であるが、漱石の代表作『吾輩は猫である』に、主人公がジャムをやたら舐める話が出てくるし、それなのに漱石研究書には一言も触れられていない。漱石好きには、ほうっておけぬ重大な欠落である。河内さんは文中の「いくら舐めたって五六円位なものだ」という主人公のセリフから、『吾輩は猫』執筆時のジャムの相場表を探す。そして、どうやら小説の主人公（イコール作者）が舐めていたジャムは、輸入品の糖度が六十五度前後、一缶が六十銭から七十銭の苺《いちご》であったろう、と推測する。

正しいか否《いな》かは、どうでもよろしい。私たちは漱石の嗜《し》好品《こうひん》を通して、わが国のジャムの発展史、及び輸入の歴史を学ぶのである。

『三四郎』は、熊本から汽車で上京する三四郎の描写で始まる。長い長い汽車の旅である。三四郎は駅弁を買う。

河内さんは、どこで駅弁を求めたか、を調べる。これは簡単なようで、ひと筋縄でいかぬ。まず、駅弁の歴史をひもとかなくてはならない。次に販売駅を調べねばならぬ。明治期には百六十三駅で売られていた。『三四郎』は、明治四十一年九月から十二月まで新聞に連載された。河内さんは文章のいくつかから手がかりをつかむ。

そして汽車の時刻を特定し、当時の時刻表に当り、三四郎は草津駅で並弁当を買った、と推量するに至る。

漱石は、駅弁を食べる三四郎の様子を描く。

「三四郎は鮎《あゆ》の煮浸しの頭を啣《くわ》えたまま女の後姿を見送っていた」

草津駅の並弁当の内容は、この鮎の煮浸しの他に、煮魚、蜆《しじみ》の佃煮、鶏《とり》の甘煮、牛蒡《ごぼう》などであるという。漱石は食べたことがあるのだろうか。聞いて、つづったのだろうか。駅の名を明かさず、「鮎の煮浸しの頭を啣え」ていたという描写が、実になまなましいではないか。味わった覚えのない者には、書けない文章だろう。単なる煮魚でなく、鶏の甘煮でもない。鮎の煮浸しを持ってきたので、いかにも地方の駅弁らしいし、旅情を感じさせる。この細かい芸が、漱石文学なのである。

河内さんは漱石の小説に登場する、食べ物の一つ一つの素姓に当った。食の好みは、人間の本質であり、性格を表わす。作者と作品の食生活を分析すれば、深遠な作家論、作品論が構築できぬと限らない。河内さんは意識するとしないに拘《かかわ》らず、その作業をしていたことになる。

すなわち本書は、漱石の食卓から眺めた漱石文学論なのである。もっと壮大に言うなら、漱石学の一成果である。

でも、まあ、そんな大げさに吹聴《ふいちょう》することもあるまい。私たち読者は、漱石が生きていた時代の食べ物の味に思いを馳《は》せ、どんな風に味わい楽しんでいたかを想像し、楽しめばよい。アイスクリーム大好きの漱石先生が、親戚《しんせき》からその製造器を贈られ、もろ肌脱ぎで掛け声をかけ、一所懸命アイスクリームを作っている光景を想像すると、頬がゆるんでくる。あの、しかつめらしい顔つきの先生が、である。できあがったアイスを、いの一番に試食する文豪の真剣な顔をご想像されよ。「漱石、アイスを舐める」である。

河内一郎『漱石、ジャムを舐める』解説　新潮文庫　二〇〇八年四月一日

第二部　虚実皮膜の味わい

虚実皮膜の味わい　――寺田寅彦

『歩み――皇后陛下お言葉集』（海竜社、二〇〇五年、二〇一〇年改訂版）に、「三光町時代の読書――質問にお答えして」という文章が収められている。聖心女子学院『みこころ会会報』第六十一号（平成十一年）にご寄稿なさったものである。会報の編集部が、皇后に中学高校時代の読書についてお伺いした。質問にお答えするという形で実現した。三光町時代とは、聖心女子学院の中等科・高等科に在学された六年間をさす。三光町は学校所在地の旧地名である。

皇后は、高校生の一時期、寺田寅彦のエッセイに魅了され、熱中してお読みになられた、と書かれている。それは自宅に寅彦の著書があったためかと思われる、と愛読のきっかけを述べられている。そして著書に手が伸びたのは、装幀にひかれたせいらしい。こう語られているからである。「『藪柑子集《やぶこうじ》』、『橡《とち》の実』、『触媒』等、どれもきれいな装幀の本でした」

ご両親、あるいは兄上の蔵書だったのだろうか。皇后は別のご講演「子供の本を通しての平和――子供時代の読書の思い出」の中で、三つ年上の兄が大層な読書家であり、蔵書家でもあったと語られている。子供の頃の皇后は、兄の書棚から少年向きに書かれた剣豪ものや探偵小説や漫画を選んでは楽しまれたという。寅彦の本は兄上の愛読書であったかと思われる。

寅彦の著書は、どれも渋く美しい。装幀が楽しみだから本を出す、と本人が語っているように、決して編集者任せにせず、あれこれ指図し、検討を重ねた。唐桟《とうざん》や、ゆかた地、久留米絣《くるめがすり》など布を用いた表紙が多い。派手な意匠は、一冊も無い。地味で、そして古風な、それでいて粋な模様である。ガラスの表紙なども、考えていたようだ。装丁への関心は、師の漱石譲りである。

さて皇后は、「三光町時代の読書」で、次のように記されている。


国語の時間に、一人作家を選び、その作品を元に放送劇を書く宿題が出た時には、迷わず寅彦の「団栗《どんぐり》」をえらびました。一生懸命脚色したのですが、「これはやはり原作のままがよいようです」という先生の評がついて返って来ました。


放送劇に最適の作品、とお考えになられたのである。

耳で聞いて楽しむ放送劇は、セリフとナレーションと音楽、そして効果音で構成される。皇后は、「団栗」に、音をお聞きになられたのである。

それは、どんな音であろうか。原作を読みながら、原作に現れる音を拾ってみる。聞き逃さぬように、ゆっくり、ゆっくりと読んでみる。

「団栗」は、いわば寅彦エッセイの代表作である。寅彦といえば、まず、「団栗」だ。明治三十八年（一九〇五年）四月一日発行の、雑誌『ホトトギス』第百号に発表された。三年ぶりに書いた随筆である。漱石が早速読んで、若い門下生に、「寅彦の団栗はちょっと面白く出来て居る」と手紙で報じている。

寅彦は明治三十年七月に、二十歳で結婚した。妻の夏子は、十五歳である。どういう理由か、二人は寅彦の父の意向で同居生活を許されず、新郎は熊本の第五高等学校に学ぶ（ここで漱石と師弟関係を結んだ）。夏子は、一年後、寅彦の故郷、高知県立第一高等女学校に入学する。

そして結婚して四年目の三十三年三月、夏子は女学校を二年で中退し上京、東京帝国大学物理学科の学生である夫と、ようやく新世帯を持った。そして彼女は妊娠する。

喜びもつかのま、その年の押し詰まった晩、夏子は発病し床に就く。

「団栗」は、妻の突然の異変から書きだされる。

下女を連れて、「下谷摩利支天《まりしてん》の縁日」に出かけた妻が、帰宅したのは十時過ぎである。

この縁日は、上野の妙宣山《みょうせんざん》徳大寺で、毎月亥《い》の日に行われる。徳大寺には摩利支天堂があり、聖徳太子が彫られたと称する開運摩利支天像が置かれている。江戸時代から続く縁日である。

夫の「余」は、机に向ってノートを読んでいる。妻が袂《たもと》からみやげの金鍔《きんつば》と焼き栗を出して、机の隅に「そっとのせ」る。そしてトイレに入ったが、やがて出てきて机の傍らに坐る。ここまでは、音が無い。

坐ると同時に急に咳をして血を吐く。寅彦は次のように続ける。

驚いたのは当人ばかりではない、その時余の顔に全く血の気が無くなったのを見て、いっそう気を落したとこれはあとで話した。

ここには「声」も「音」も無いが、実際は逆であったろう。しかし、寅彦は、二人の様子をパントマイムを見るように書く。

病気に恐怖を覚えた下女が、暇を取ってしまう。かわりに、美代という気立てのやさしい娘が、奉公に来る。おっちょこちょいだが、働き者の美代は、暗く沈みがちの家庭をにぎやかにする。放送劇では、陽気な美代の派手な失策や、忠勤ぶりが聞かせどころとなろう。美代の屈託のない声がはずめば、はずむほど、若夫婦の落胆とおびえが、色濃く浮かび上がる。

世間は目出度《めでた》いお正月になって、暖い天気が続く。

羽根を突く響き、子どもたちの歓声、獅子舞いのお囃《はや》し、などが、初春の効果音になろうか。「病人も少しずつよくなる」声に、張りが出てきた。そのかわり愚痴も出る。自分の病気は治るのだろうか、あなたは本当のことを隠しているのではないか、と疑う。床の中で琴を弾くほど、快復してきた。二月の初めには、入浴もし、髪も結うようになった。しかし、ドクターは、この五月が大事ですよ、と「余」を戒める。妻は妊娠しており、五月が産み月なのである。初産《ういざん》であり、楽観を許されぬ。

それにもかかわらず少しずつよい。月の十何日、風のない暖かい日、医者の許可を得たから植物園へ連れて行ってやると云うと大変に喜んだ。

出かける段になって、髪があんまりひどいから撫で付けるまで待って、と言う。「余」は縁に腰かけて、庭を眺める。

去年の枯れ菊が引き抜かれたまま朽ちている。千代紙の切れ端のようなものが引っかかっており、風も無いのに、ふるえている。手水鉢《ちょうずばち》の向いの梅の枝に、満開の花が二輪見える。近寄って見ると、造花である。妻が飾ったらしい。部屋をのぞくと、妻は髪を巻き直している。早くしないか、と急《せ》かす。

座敷に戻り、腹這って、一度読んだ新聞を広げる。また、声をかける。次第に強い調子になる。そんなに急き立てられると、なお出きやしないわ、とぐちる。

「余」は黙って、門へ出る。立っていると、往来の人がけげんな表情で、こちらを見る。仕方がないので、半町ほどゆっくり歩く。振り返るが、まだ妻は出てこない。引っ返して、縁側に回ってのぞくと、妻が泣き伏しており、美代がなだめている。あんまりだわ、と泣きじゃくりながら、恨む。一人でどこへでもいらっしゃい、とすねている。美代のとりなしで、ようやく機嫌を直す。

二人は植物園に入る。熱帯植物の繁る温室。そこを出て、池の方に歩く。池の小島の東屋《あずまや》に、男女二人の子どもを連れた夫人がいる。男の子は池に張った氷に、拾った石を滑らせている。その「快い音」。あんな女の児が欲しいわねえ、と妻が言う。

出口の方へ、崖の下を歩く。妻が落ちた団栗を見つける。たくさん、ころがっている。妻は熱心に拾いだす。「余」も一つ二つつまみあげ、向うのトイレの屋根に投げる。カラカラと転がる音。妻はハンカチを膝の上に拡げ、拾った団栗を包む。

「一体そんなに拾って、どうしようと云うのだ」と聞くと、「だって拾うのが面白いじゃありませんか」と答える。夫のハンカチも借りて、何合か包み大事そうに縛る。

ここで、いきなり、場面が転換する。いや、舞台は同じ植物園である。場所も崖の下で、季節も二月。団栗が落ちている。「余」が拾っている。少し離れて、熱心に拾っているのは妻ではない。「あけて六つになる忘れ形身《（ママ）》のみつ坊」である。

　五つ六つ拾うと、息をはずませて「余」のそばに走ってきて、「余」が帽子の中へ拡げたハンカチへほうり込む。数が増えていくのを、嬉しそうにのぞきこみながら、言う。

「おとうさん、大きな団栗、こいも〱〱〱みんな大きな団栗」

　泥だらけの小さな指先で、帽子の中の粒々を、突っつく。「大きい団栗、ちいちゃい団栗、みいんな利口な団栗ちゃん」

　みつ坊は節をつけて歌いながら、また拾い始める。

　そしてこのエッセイは、次の文章で終る。


　余はその罪のない横顔をじっと見入って、亡妻のあらゆる短所と長所、団栗のすきな事も折鶴の上手な事も、なんにも遺伝して差支えはないが、始めと終りの悲惨であった母の運命だけは、この児に繰返させたくないものだと、しみじみそう思ったのである。

　読み終えて、メモを改めてみると、音らしい音の描写は、ほとんど無いことに気づく。人声も、あまり、しない。何か、サイレントの短篇映画を、見せられたような気がする。病人の話であり、静かな植物園が舞台ということもある。

現実感を感じさせるのは、「みつ坊」の喜びに満ちたセリフと、即興の歌だけである。けれども、読む者の耳には、いろんな音が聞こえていた。確かに、聞こえていたのである。たとえば、団栗を拾っている妻の姿を、読者の私は頭の中に思い浮かべている。団栗拾いの経験は無い。無いが、田舎育ちだから、きわめてリアルに想像できる。崖の上に樫《かし》や櫟《くぬぎ》の木がある。崖の下は、落葉がいっぱいである。踏むと、新しい落葉が音を立てる。その音は団栗を拾う者にのみ聞こえるのである。落葉を除けて、団栗をつまむ。除ける時、かすかに鳴る。

寅彦はそんな音のことなど、一切、書かない。書かないから、かえって読者は想像するのである。寅彦の文章が科学者らしく正確すぎるのである。写実すぎるから、映像でなく音を喚起させるのかも知れない。厳格なリアリズムは、イメージより、音と色を感じさせるものだ。

そうなのである。「団栗」は、むしろ映画に向く作品であるまいか。カラー映画に。「血」「枯れ菊」「千代紙の切れ」「梅の造花」、植物園の「濃緑に朱の斑点の入った草の葉」……。

原作のままがよい、と先生が高校生の皇后にアドヴァイスしたのは、文章が発する音を、リアルな音に復原すると、原作の味わいが損われるから、という意味あいだったに違いない。音は想像した方が、美しい。

このように科学者らしく正確な文章を書く寅彦であるが、「団栗」に描かれていることは、実際の出来事であろうか？

寅彦の妻が発病したのは、事実である。明治三十三年（一九〇〇年）の寅彦の日記は、八月二十六日から九月十日までの記述しか、無い。漱石の洋行を横浜埠頭に見送ったことが、主要事項で、妻の動静には一行も触れていない。

翌年の日記より、記述される。

「一月一日　病人も起床して雑煮を祝ふ」「一月二日　病人よし」「一月三日　病人よし」「一月四日　病人、頭痛。足の関節も痛む」……。病人の様子のみ摘出すると、こんな具合である。

「一月十三日」の項に、「梅のつくり花一輪こしらへて庭の枯枝に付けたり下には引き残られ《（ママ）》し枯菊のカラ〳〵に。霜柱に荒れし庭の土埒《らち》もなしや」とある。この部分が、「団栗」の植物園行きの場面に使われている。

　一月三十一日　美代里帰り　心細き夜なり。

「団栗」では、「美代が宿入りの夜など、木枯しの音にまじる隣室の淋しい寝息を聞きながら机の前に坐ってランプを見つめたまま、長い息をすることもあった」とある。

そして、「二月三日」となる。

厚氷。風なくて暖なり……（中略）……昼より於夏を連れて植物園へ行く。

夏子が団栗を拾った日である。日記に、ちゃんと出てくる。この日の見聞であることは、間違いない。こうある。

戸崎町なる某寺の前にとぶらいの車並べり。温室には目なれぬ花卉《かき》咲きみだれて麗はし。池の水氷りたるに石投ぐる者案外に大人なるも可笑《おか》し。団栗数多《あまた》拾ふて帰る。

作品では、寺の前の葬儀車の列は、描いていない。「死の予告」になってはいけない、と故意に省略したのである。「団栗を拾って喜んだ妻も今はない」という一行の衝撃を計算して、カットしたのだ。

更に氷った池に石を滑らせていたのは、大人たちであって、男の子ではない。果して男の子と女の子を連れた夫人は、当日、本当に居たのだろうか。母子の姿はあったかも知れないが、男児は石を滑らせていなかったのではないか。寅彦は自分の子ども時代を思いだしたのではなかろうか。

そして団栗だが、作品では拾うのは、もっぱら妻で、夫はあきれて眺めているけれど、日記では、夫婦で「数多」拾ったのである。しかし、妻が夢中で拾ったのでなければ、「効果」が薄い。

夫は一つ二つ拾って、向うのトイレの屋根へ投げる。これは今しがた、池の氷上に石を投げる大人たちに触発された動作である。

日記では、前日、寅彦は診察に訪れた医師に、夏子の帰郷を相談している。故郷で保養させたいが、どんなものだろうか？　と諮《はか》ったようである。夏子の父から、かねてより勧められていたのだ。医師は、神戸から高知までの船旅が気がかりである、と答えている。

翌日の植物園散歩は、夏子との名残りを惜しむ外出でなかったろうか。

一週間後の日曜日、二人は午後から浅草に出かけている。花屋敷に入ったり、仲見世をぶらついて買い物をしている。これも、帰郷する夏子を労っての、いわゆる「カミさん孝行」であろう。

二月二十二日に住まいを引き払った。翌日、夏子は高知に帰る。寅彦は浜松まで送った。浜松に父が迎えに来ており、夏子を託した。夏子は以後、ついに上京することなく、翌年の十一月十五日に逝去した。享年二十。はかない生涯であった。知らせを受けて急ぎ下り列車に乗った寅彦は十六日の日記に次のように記す。

昨夜会〔注・理科大学懇親会〕より帰りて床に就かんとする頃、胸さわざ一しきりしたるが恰《あたか》も夏の臨終の刻《とき》なりしと思合はされたり。此朝第二の電報の未だ来ぬ前〔注・午前四時夏危篤の報あり。次で六時絶息の報あり〕、暁の鴉《からす》夥しく屋根に鳴き騒ぎたり。

漱石が門下生の森田草平に宛てた手紙で、「団栗」に触れている。伊藤左千夫の『野菊の墓』を評した文脈の中での一節だが、こうある。

君は読むまいが矢張り前のホトヽギスに出た寺田寅彦と云ふ人の「団栗」とか「竜舌蘭」とかいふ作の方が遥かに技倆上の価値がある。〔明治三十九年一月八日付〕

「技倆上の価値」とは、「団栗」でいうなら、後半の「場面転換」の鮮やかさであろう。つまり、妻の回想から、いきなり、遺児の現在の姿に変る。妻が嬉々として団栗を拾い集めるシーンから、突然、「団栗を拾って喜んだ妻も今はない」と「宣告」されるから、読者は仰天してしまう。

普通は現在から過去を回想する。みつ坊が団栗を拾うしぐさを見て、亡き妻が、やはりこうして面白がったものだ、と書くのが自然である。寅彦は、そうではない。妻を描いて、然るのちに忘れ形見の子を描くから、最後の文章が生きるのである。つまり、「……亡妻のあらゆる短所と長所、団栗のすきな事も折鶴の上手な事も、なんにも遺伝して差支えはないが、始めと終りの悲惨であった母の運命だけは、この児に繰返させたくないものだと、しみじみそう思ったのである」の前半部分である。

ところで、文中の「始めと終りの悲惨であった母の運命」の「始め」とは何だろう? 予備知識なしにこの作品を読む者には、見当もつかない。最初の喀血のすさまじさを、さすのだろうか。寅彦の身の上を知らぬ者には、発病時の悲惨としか、考えられない。でも運命というからには、生涯を示唆するのではあるまいか。あるいは、結婚生活である。もっとも、ここは曖昧であった方が、読者の想像をかきたてて、より一層、哀切である。

哀切といえば、「団栗」で読者が泣かされてしまう場面は、みつ坊の無邪気なセリフと、即席の歌を歌う、そこに尽きるだろう。みつ坊の喜びの言葉と歌は、母の言葉と歌なのである。

みつ坊のしぐさのみならず、声にも母の面影が濃い。しかし作者はそうと言わずに、読者にそのように思わせる。子を見てその母を回想する手法でなく、母は母、子は子で描いている。この辺も漱石の指摘する「技倆上の価値」かも知れない。

いや、最大のそれは、この一篇がエッセイでありながら、小説であることではないか。事実はある。しかし事実そのままに書いてはいない。

「団栗」の書き出しから、小説だ。

「もう何年前になるか思い出せぬが日は覚えている」

嘘である。作者は決して忘れていない。みつ坊の年齢を数えれば、すぐにわかる。「今年の二月、あけて六つになる忘れ形身のみつ坊をつれて」とはっきり書いている。

　妻が喀血したのは、出産の前年である。しかし、何年前だか容易に思い出せない、と書き出した方が、作者のショックの強さが伝わる。ここは言葉の文《あや》というものである。「覚えている日」も、作品では十二月二十六日とあるが、実はこの年の亥の日は、二十八日で摩利支天の縁日も金曜日の当日なのである。この辺は作者の考えがあって、わざと違えたのかも知れない。

　妻の病名を最初のうち明らかにしないのも、読者の不安を次第に増幅させていく効果がある。尤も当時の読者は、症状ですぐに覚ったはずである。人々がいかに恐れていたか、暇を取った女中の狼狽ぶりで知れよう。「団栗」が「小説」だな、と思うのは、みつ坊の歌である。「大きい団栗、ちいちゃい団栗、みいんな利口な団栗ちゃん」という歌である。この歌は、寅彦が創作したと思う。

　団栗はどれも同じ形をしている。せいぜい大きさでしか区別がつかない。「団栗の背くらべ」という言葉がある。似たようなもので、皆、平凡だ、という意味である。しかし、寅彦は、「みいんな利口な団栗」だ、とみつ坊に歌わせた。

読者がこの歌のシーンで感動するのは、寅彦のエールを感じるからである。読者の大方は、自分を「団栗の背くらべ」と思っている。そうじゃない。平凡なものじゃない。大きい小さいの違いはあるけど、皆、「利口な団栗」なんだ、とみつ坊を通して、静かにメッセージを送っている。

「団栗」を読み終って、決して明るい内容ではないのに、何か心地よい感動を覚えるのは、そもそも本篇がエッセイではないからだと思う。まぎれもなくこれは、小説の感動である。「団栗」の背景を全く知らなくとも、「始めと終りの悲惨」の「始め」が、どういうことなのか説明が無くても、わかったような気になり、感動するのは、エッセイを装った小説だからであろう。暖昧さが、味になっている。奥行を作っている。漱石は小説としての技倆を評しているのである。

皇后の「三光町時代の読書」は、次のように続く。

寅彦のもので今も記憶に残っているのは、この「団栗」の他、「藤の実」、「病院風景」、「病院の夜明けの物音」、「柿の種」の中の幾つかの短編等です。

面白いことに、どれも音が取り上げられている。特に「藤の実」は、音で始まる。藤棚の藤豆のさやがはじけて、中の実が障子に当る。子どもがいたずらに小石を投げたか、と驚くほど、激しい音がする。その日は午後一時すぎから四時すぎ頃まで、いっせいにはじけた。そこから植物界の「潮時」について考察する。春、風も無いのに、椿の花がたくさん落ちる。晩秋、黄葉した銀杏《いちょう》が、一度に音立てて降る。風が吹いたわけでもないのに、近くの銀杏も落葉する。

寅彦は人事の例も紹介する。むすこが階段から落ちてけがをする。近所の医師に来てもらうと、同日、医師の子どもも学校の帰りに転んでけがをした。そう聞かされたという。

これらは偶然であろうか。

暦の「さんりんぼう」の日に家を建てると火災に遭うなど、昔からの言い伝えには、科学的根拠があるのか無いのか。寅彦は、無いとは言えないという論法である。

寅彦の日記には、「偶然」に遭遇したことどもが、あちこちに散見する。たとえば先に紹介した、夏子が故郷で絶命した時刻の胸さわぎや、カラスの異常な喧噪である。

明治三十二年九月十三日の項に、市ヶ谷の駅で女性に会ったことが出ている。見ず知らずの女性らしい。ところが帰りに、同じ駅でその女性とまた出会った。寅彦はもう一度会う確率を計算している。十六億八千万分の一、と出た。「心細くなるではないか」と記している。寅彦好みのタイプであったのだろう。

同日、友人の妹婿が病気で亡くなったと聞いたので、見舞いに出かけた。友人が語る。

婿さんが亡くなる四、五日前のこと、既に、もうろうとした意識状態であったが、今、故郷の母が氏神様にお参りをし、自分の平癒を祈願してくれている、と言った。果してその通りであったことが、明白になった。

不思議と云へば不思議ではないかと友の話しであった　夫子《ふうし》黙々として答へなかった。


同じ日に、似たような偶然を見聞きすれば、寅彦ならずとも言葉に窮するだろう。

明治三十五年九月二十一日は、正岡子規の葬儀が行われた日である。新聞で時間を確かめた寅彦は、弔問に出かける。焼香をすませたあと、上野の美術館に白馬会展を見に行き、更に友人宅に足を伸ばした。友人が郷里で描いた絵を見せてもらっていると、友人の妻の手紙が届けられた。もしかしたら、帰省した夏子からも手紙がありそうだ。寅彦はそんな予感がし、もう一軒、ある人を訪ねて帰宅すると、案の定、手紙が来ていた。

これだって別に予感の根拠があるわけでなさそうだ。寅彦は淡々と事実のみを記している。

もう一つ、例を挙げる。大正九年六月一日、寅彦宅では、大掃除が行われた。午前は納《なん》戸《ど》で、午後は居室の押入である。植木屋さんも入った。翌日も来て、庭の芝刈りをした。翌々日も草取りや、ドブの土管を修繕した。

六月六日、その植木屋さんが畳屋さんを連れてきた。家の中が騒々しいので、寅彦はスケッチ道具を持って外出する。

　西ヶ原農園から飛鳥山《あすかやま》、王子神社それから王子の町をあてもなく行く、此辺迄大掃除である。

　結局、何も描かずに、昼食を蕎麦店ですませると、巣鴨から電車で帰ってきた。階下はすっかり畳を上げ、埃をはたいて、床下まで掃除してあった。寅彦は日記に記す。

　　大掃除を逃げる積りで出た先が果の果まで大掃除をやって居た、運命が網を張って
　待って居るやうな気がする。

　暮れの大掃除のように、日を決めて町内でいっせいに行っていたのではなさそうである。寅彦が「運命」と感ずるくらいだから、全くの偶然事なのであろう。

　寅彦の日記には、このような記述が多い。一番関心があったらしい。
同年八月十八日の項に、ふと、漱石を思いだす文章がある。

　前年の暮れ、寅彦は勤め先の大学で、吐血した。胃潰瘍である。大学病院に入院した。
「病院の夜明けの物音」「病室の花」（ともに大正九年）は、この入院時の体験をつづっている。

退院して新年を迎えた寅彦は、勤めを休み、自宅静養に明け暮れた。前記の日に、なぜ突然、漱石を思いだしたかというと、明け方から胃の調子が、はかばかしくない。「鼠か何かゞ胃の中でこっそりかじって居るやうな気もする」

寅彦は漱石全集の第十一巻を、妻に出させて読んだ。すると漱石が明治四十三年に伊豆の修善寺温泉で吐血したのは、八月十七日のようである。つまり、昨日だ。そして漱石はその時、四十三歳。寅彦も同年であった。

寅彦は日記に以上の事柄を記しているだけだが、私はこの日、精神的に大変化があったのではないか、と推測している。

大変化とは、文章を書きたい、という猛然たる意欲である。それは漱石に触発された、といってよい。修善寺の大患で、九死に一生を得た漱石は、これを機に、人生観が一変した。寅彦はドイツ留学中で、師の大患の報は小宮豊隆から知らされた。

寅彦の吐血が師と同日であったわけではない。たまたま漱石全集を開いてみた日が、漱石の吐血の日の翌日、というだけである。年齢だけは一致している。しかし寅彦はこの偶然を奇妙な暗合と取った。漱石が亡くなった時も、師の持病と同じ胃潰瘍で病床にあった。考えることがあったに違いない。この夜が寅彦の人生の転機となった。

もう一人の寅彦が誕生したのである。理論物理学者でない、エッセイストとしての寅彦、すなわち吉村冬彦である。「団栗」のような嘘を書かない、本当のエッセイをつづる吉村冬彦は、この年、「小さな出来事」を雑誌『中央公論』に発表した際（大正九年）、初めて筆名に用いた。

吉村は、寺田姓になる前の姓だそうで、冬彦は生まれた季節から取ったというが、最初の妻の夏子を意識して命名していることは、間違いあるまい。また、当時の、やり場のない、病者特有の寂しい心情を季節に置き換えたのかも知れない。

この年の日記に、「孤独を感じ安《ママ》い自分が書物の中に友達を捜す事をやっと近頃覚へた」とある。読書と同時に、執筆においても、心を許せる友人を見出したようだ。吉村冬彦の世界には、わずらわしい人事関係や、束縛される時間は一切無く、自由気ままであった。八月十八日までは、これという食事もとれなかったのに、漱石の大患に思いを致した翌日からは、大いに食が進んでいる。八月十九日の日記には、昨夜安眠とあり、これは、入院来の鬱屈と不安などが、ふっきれたせいだろう。八月二十二日には、「蜂」というエッセイを書いた。


かういふのを集めて「小さな出来事」とでもいふ題で何処かへ連載して見たいと思ふ。


そして、もう一人の寅彦、吉村冬彦の活動が始まる。

友人が、もう一度生き返れるとしたら、どう思うと訊いた。寅彦は答えた。

自分はもう人生は一度で沢山だと思ふ、尤も死にたくはない、死なゝいのもつまらない。（大正九年五月二十日の日記）

吉村冬彦として別の人生を生きるのも面白い、と考えたに違いない。

皇后の文章は、次のように締め括られている。

学校の生物や物理は決して好きな科目ではありませんでしたのに、その後も中谷宇吉郎や朝永《ともなが》振一郎《しんいちろう》、最近では日本海溝を探ったグザヴィエ・ルピション等、科学者の著作に感じるのは、もしかしたら、この時期に寅彦の作品に親しんでいたためかもしれません。

寅彦にとって、こんな嬉しいお言葉はあるまい。

池内了編『寅彦と冬彦　私のなかの寺田寅彦』岩波書店　二〇〇六年六月二十三日

我こそは達磨大師に　——樋口一葉

私たちの持つ樋口一葉のイメージとは、どんなものだろうか。

「生涯を貧窮の中に送り、『たけくらべ』『大つごもり』『にごりえ』『十三夜』等、いくつかの名作を残し、わずか二十四歳で世を去った薄幸の女流作家」「半井桃水《なからいとうすい》に師事し、師を愛しながら、みのらぬ恋に終わった」「五千円札の肖像に採用された明治の美人作家」

まず、こんなところだろうか。

一葉の文学に親しんだ者は、その創作よりも、日記の面白さに魅かれた、というかたが多いかもしれない。

また一葉の伝記を読んだ者は、彼女の謎の行動に興味を示したに違いない。

明治二十七年、二十二歳の一葉は、突然思い立って、全く面識のない占い師、久佐賀義孝《くさかよしたか》を訪ねる。久佐賀は天啓顕真術《てんけいけんしんじゅつ》なる怪しげな看板を掲げ、この頃流行の占い師であった。一葉は「秋月《あきづき》」と名乗った（この偽名のよってきたるところは謎である。とっさにその場で浮かんだものか）。

一葉は久佐賀に、相場をやりたいから金を貸してほしい、と申し込んだ。久佐賀は海千山千の男である。見も知らぬ美貌の娘の申し出に驚くよりも、願ってもない鴨が舞い込んだと心中ほくそえんだに違いない。

のらりくらりと問答を交わした末に、妾になるなら融通しよう、と条件を出した。そうくるだろうと予期していた一葉は、久佐賀の要求を笑って体よく謝絶した。

一葉の真意が奈辺《なへん》にあったのか、わからない。妾になると見せかけて、金だけ引き出そうとしたのか。そんなことが、易々《やすやす》、成就すると考えていたのか。聡明な一葉の、これは謎の部分である。

一葉は作家として著名だが、歌人でもあった。生涯に四千三百余首（現在知られている数である。未発掘の歌はまだまだありそうだ）の歌を詠んでいる。しかし、歌人としての一葉は、影が薄い。

ひとつは、歌に魅力がないせいである。在世当時は非凡な歌だったのだろうが（佐佐木信綱は「群を離れてすぐれた作多し」と称えている）、現代の私たちには、いかにも古めかしく感じられ、面白みがない。

「さく梅もまだおぼろなるあかつきの庭にきこゆる鶯のこえ」

こんな歌なのである。大半が花鳥諷詠であって、恋を詠んだ「恋百首」もあるけれど、「朝な〳〵むかふかゞみのかげにだにはづかしきまでやつれぬるかな」といった当たり前の歌ばかり、「限りなくうれしきものは我おもふひとをば人のほむる成けり」といった風に、率直に思いを詠んでほしかった。

しかし、わずか三首だが、「今様《いまよう》」（七五調四句。平安中期から鎌倉初期に流行した新様式の歌である）も作っている。

「染残したる紅葉々《もみじば》の梢もあらぬ我やどに何を尋ねて村しぐれ昨日も今日もふるならむ」
「定《さだめ》なきよを思い寝のまくら寒きにおどろけばしぐれなるかも窓のとにふりみふらずみ音すなり」（他の一首略）

一葉全集に収録されている歌の中には、途中まで詠んでやめてしまったものが、いくつかある。一葉のつもりになって、あとを作って完成させるのも面白いかもしれない。

「こひしくばみてもしのべととゞめけむ（以下欠）」
「中々になれるたる中の（以下欠）」

これは「馴恋」という題で、「なれるたる」は一葉の書き間違いで「馴れたる中の」が正しい。

「からごろもたつ日ときかじ萩の花（以下欠）」

こんな歌がある。

「わがやどの池の藤波立かへりみる人もなし雨のふれゝば」

この歌は次のように改められた（あるいは逆かもしれない）。

「我宿のいけの藤波たちかへり雨降今日は見る人もなし」
「アララギ」派の歌人・伊藤左千夫に、似たような作がある。
「池水は濁りににごり藤波の影もうつらず雨降りしきる」

昭和二十三年六月、作家・太宰治が玉川上水に入水する直前、親友に残した色紙に染筆した歌として有名になった。左千夫が一葉の歌に触発されたとか、真似た、と言いたいのではない。池と藤波の取り合わせも、当たり前の情景であって、似たところで不思議はない。ただ、一葉の歌の一首一首を、丹念に読んでいくと、些細なこういう面白さを見つけることができる、というそれだけの話である。

たとえば、こんな歌。

「待人《まちびと》のくるにあらぬかいざゝらばつげのくしうら心みてまし」

たぶん、当時、黄楊《つげ》の櫛《くし》占いというものがあって、待ちびと来るか否か、を判断したらしい。どんな風に占うのか、調べてみるのも一興だろう。

「とらの尾をふむよりも猶《なお》あやふきは人のつまをばむすぶなりけり」

虎の尾を踏む、という言葉は、きわめて危険なことをする形容だが、人妻と契りを結ぶのは、更に更に危ないことである、と詠んだ背景には、一葉が生きた時代には姦通罪というものが存在していた事実を知らねばならない。姦通罪は人妻とその相手も起訴された。歌人の北原白秋が、この罪を得て入獄している。

一葉がなぜ「虎の尾」を持ちだしたかである。恐らく、「人のつま」に合わせたのではないかと思われる。「つま」は端の意で（従って着物の裾を褄と称する）、どちらも先っぽの「尾」と「端」を通わせた。つまり、言葉遊びである。

いや、そうだと決めつけるのではない。そのような発想でこの歌を詠んだのではないか、という、あくまでも私の推測である。

しかし、こんな風に作者の心の内を深読みし、楽しんで不都合はあるまい。むしろ、今までの読者は、一葉を仰ぎ見すぎて、「高級な」（研究的な）読み方しかしなかったと思う。

一葉が言葉遊びを好んだと思われる例は、いくつもある。

「から猫のねぶる垣ねに廿日草《はつかそう》はつかながらも花咲にけり」

廿日草と、はつか（わずかの意）を通わせている。

一葉の知りあいが亡くなった。弔問に行きたいのだが、香典の金がなかった。一葉はこんな狂歌を作って、妹に見せた。

「我こそはだるま大師に成《なり》にけれ　とぶらはんにもあしなしにして」

ダルマさんには足が無い。東京人は、お金のことを俗に「おあし」と言った。とぶらうも、弔うと訪ねるの意味がある。

一葉には生前唯一の著書がある。『通俗書簡文』という。早い話が、女性用手紙の例文集である。金を得るために、晩年の貴重な時間を、これに費やした。

春夏秋冬の部と、雑の部とあり、時候見舞い文と、いろんな用事の手紙文、及びその返事を収めてある。一通一通が、すべて一葉の創作である。そう考えると、これは一葉の書簡体の短編に違いない。全部が候文だが、たとえば雑の部の「留守中来たりし人のために」の書簡を、現代文に直すと、こんな調子である。

人に誘われて一泊旅行から帰ると、昨日の午後、美しいお嬢さまが車にてお越しなされましたとの、留守居の報告、この留守番はつい最近、私がたに参りました田舎の者、何かと行き届かず、お客様のお名前さえ忘れ、年はいくつぐらいぞと問えば、さあ、二十歳《はたち》ばかり束髪《そくはつ》にて色白のいかにも美しきかた、とこればかり、私も考えつかず困り果てていたところ、けさ、起きいでて口をすすぎながら、ふと庭に美しく花の咲けるを見て、おや、秋海棠《しゅうかいどう》が、と思わず独り言を申したとたん、縁先を掃《は》いていた先の小女が、けたたましき声を上げ、奥様、それです、一昨日《おととい》のお客様はその名に似たかたです。何と、それでは二階堂様であるか、はい、まことにその通り、と。二十歳ばかりと言わなければ、やがてあなたのことと察するはずを、お嬢様とまず言うものだから、ただ年の若き人をのみ選びだし、問い聞きしたおろかさ、確かに束髪なら人の親とは見えないでしょうし、十九はたちと思いしは誤りとも言えないでしょうし、うんぬん。

その返事。

別段用事もなかったのですが、あんまり久しく家にこもっていたため、少し頭も悩ましく、気分晴らしに、平生のごぶさたのおわびも兼ねて、ふらりとお訪ねしたのでした。頭の痛みもあり髪をといて、いつもになく束髪にしたのを、娘さんのように見られたとは、何と何と。十九はたちは、やがて我が子の年に候。嬉しき見間違い、この次に参ります折には、そのかたに何かお礼を差し上げたく、どうぞ何が好物か聞いてちょうだい。かしこ。

別に大した事件が起こるわけではないが、明治の世の家庭を写したコントと読めば、楽しめる。もう一編、紹介しよう。
旅行に出かけるため、伯母に留守番を依頼する手紙である。

かねてお話申しあげし大磯旅行ですが、明日の一番汽車にて出発となりました。参上してお願いするつもりが、にわかに友だちにせかされ、旅なれぬ私なものですから、うろたえて何一つ手につかず、どうぞ家の中のことはお構いなく、かびくさき物など引きだして、驚くばかりきれいになされては恐縮ですから、ただ寝泊りいただき老婢《ばば》へ指図して下されば忝けなく、うんぬん。

その返事。

明日一番の汽車なら今夜より参らなくては、と思いましたが、嫁の思惑もあり、明日ゆっくり伺います。それより途中はスリにご用心。汽車の昇り降りに足など踏まれたら、すぐに懐中に手をやること、束髪ならカンザシは大丈夫でしょうが、時計も帯の奥深くにするか手提げに入れ、膝にのせること。一人旅でなくとも汽車で知り人を作るのはいけませんよ、うんぬん。

明治時代の日常生活が、日に見えるようではないか。

『望星』二〇〇九年三月号

「本当の」江戸弁——泉鏡花

作家の太宰治が、高校時代、泉鏡花を愛読したのは知られている。並大抵のファンではない。文体を模倣したのはまだしも、義太夫や長唄に凝りだし、更に芸者遊びを始め（落籍して、妻にする）、鏡花文学で覚えた「江戸弁」を真似て友人と会話をしたという。

私は太宰の鏡花かぶれを笑えぬ。これは地方人の江戸コンプレックスである。田舎で育った者なら、太宰の心情がよく理解できるはずだ。

私は昭和三十四年に上京し、古書店の住み込み店員になった。ただちに店番を言いつけられたが、客との挨拶が満足にできなかった。ありがとうございます、と自分では言っているつもりだが、はっきりとした言葉にならない。ありがとうという挨拶に慣れないのではなく、方言コンプレックスである。

私は茨城人だから、どうしても言葉が濁る。おまけに語尾が上がる。そのうえ発音が不鮮明だから、客にしてみると、礼を言われたように聞こえないらしい。何だか文句をつけられているように受け取れるという。これでは商人失格である。

番頭さんから、一刻も早く東京言葉を覚えるように命じられた。まずは発音の矯正である。店が終ると、近くの隅田川に行き、川面に向って大声で、ありがとうございます、と繰り返した。頭は下げなかったが、下げていたら、通行人に怪しまれたろう。大都会のありがたさは、夜といえども街の騒音が激しくて、少年のひとりごとなど、軽くかき消されたことである。方言コンプレックスは、東京言葉、そして江戸弁へのあこがれとなった。

店のお客に、蒲生《がもう》さんという人がいた。三日に一度、朝からフラリと顔を出す。来れば必ず何冊かを買う。時に何冊もまとめ買いする。決して値切らない。求める本は、実に雑多であった。

ある日、個人全集を買われた。持って帰れる量ではない。私が自転車で届けることになった。蒲生さんが自宅に案内してくれた。近所の、その頃できたばかりの公団の団地に住んでおられた。確か一人むすこさんが京都の大学生で、かの地に行っており、夫人と二人きりで生活されていた。お茶をいれてくれた。お茶請けは、お多福豆の砂糖煮だった。小鉢に、山のように盛りつけてあった。

「よろしかったら全部あがって下さい」と蒲生さんが言い、夫人も勧めた。私は遠慮なく、ちょうだいした。豆の煮つけは、ぜいたくな馳走である。食べ盛りの少年には、夢のようなもてなしだった。

蒲生さんは自分の書斎を見せてくれた。書棚には何種かの鏡花全集が整然と並べられていた。鏡花の研究書コーナーも設けられていた。著者の中に、「蒲生欣一郎」という名が見えた。私は蒲生さん、とつぶやいた。あるじが照れくさそうに笑い、うなずいた。

それは、『もうひとりの泉鏡花』という本だった（これを書きながら確認したら、その本は最初に東美産業企画から出版されているが、発行年は昭和四十年の十二月である。してみると私の記憶は年度違いである。私が最初に見たのは、もしかすると本の形に仕立てられた蒲生さんの原稿だったかも知れない）。

蒲生さんは、在野の鏡花研究者なのであった。

以後、長くおつきあいした。客と店員の関係だったが、鏡花文学に親しむようになったのは、蒲生さんのおかげである。

私が方言に悩んでいるむね打ち明けると（当時の年少労働者の大半は地方出身者だが、例外なく悩みの筆頭は方言をからかわれることだった。これが原因で殺人事件が起こったくらいだから、当事者には深刻な問題だったのである）、蒲生さんは鏡花のエピソードを語ってくれた。

上京したばかりの鏡花が、最初に東京を感じたのは、下宿の娘の言葉だったという。近くに火事があって、二階に上がってきた娘が、「ちょいと、どこでしょうね」と言った。金沢生まれの鏡花だが、生母は江戸下谷の鼓の家の人である。娘の言葉に母を感じた、と鏡花は書きとめている。東京言葉が、鏡花には幼い時分に死別した母そのものだったのである。鏡花が江戸弁を作品に使用するのは、亡母のおもかげを追っていると言えるかも知れない。「本当の」江戸弁ではない。鏡花が作った、鏡花だけの、美しい江戸弁なのである。実際の江戸言葉は、関東近辺の訛が変化したもので、粋ではない。太宰治が魅せられ、かぶれたのも、鏡花創作の江戸言葉である。
蒲生さんは私に鏡花も読めと勧めたが、鏡花の江戸弁を習得せよという意味でなく、理想の江戸弁はこちらだと告げたかったのだろう。蒲生さんも言葉から鏡花ファンになった、と言っていた。

『泉鏡花研究会会報』第26号　二〇一〇年十二月二十日

「非形式主義者」の芥川論　――芥川龍之介と小島政二郎

この解説（小島政二郎『長篇小説・芥川龍之介』講談社文芸文庫）を依頼される一カ月ほど前、たまたま芥川龍之介の文業を調べる必要があり、芥川の全集に目を通した。全巻を、通読したのである。

その感想を、私は次のように書いた。

「そうして、大いに疲れた。芥川の文章は、息が抜けない。肩が凝《こ》る。教科書を読まされているような窮屈さを感じる。決して、面白くないわけではない。面白いのだが、面白さにそつがなさすぎて、心から面白かったという満足感が薄いのである。読書感想文コンクールの課題作品のようで、読後感をまとめるため、何度も読み直さねばならぬ。楽しむ小説でなく、勉強するために熟読する小説である。小説はもともと作りものだが、芥川の小説は、苦心して作りました、と表明しているような小説で、だから読者も苦心して読んでほしい、と暗に強《し》いられている気がする。だから、ほとほと疲れるのである」

この感想は、別に目新しいことではない。私の受け取りかたは、ごく一般的なものであろう。それを、なぜわざわざここに書きつけたか、というと、感想を記したあとで本書を読み、何だ、自分が言いたいことは、すべて小島政二郎が言っているではないか、しかも自分よりはるかに上手に論じている、とがっくりしたからである。「一般的な感想」と、プロの作家のそれと、どれだけ違いがあるか、くらべてほしかったのである。

小島は「二十章」で、芥川作品を論じる。これは「庭」という短編についてだが、「なぜこうせゝこましく几帳面に構成されているのだろう」と疑問を呈する。続けて、言う。「書きながら、自分の構成に従い過ぎて、構成のそとに一歩も出まいとして汲々《きゅうきゅう》としている息苦しさを感じずにいられない。渺々《びょうびょう》たる人生を感じることが出来ない。／この作品ばかりでなく、彼の作品には人生のようにノビ〳〵とした流露感が感じられない」

従って、「小説を読んでいるというノビ〳〵とした楽しさがない」

容赦のない言いかたである。これは東京の下町人特有の話しかたであって、歯に衣を着せない。知らない人には、悪口のように聞こえるだろう。

小島政二郎は本書で述べているように、下谷の生まれだから、どうしても、ずけずけというもの言いになる。他意は無いのだ。むしろ、相手に愛情を持っているから、憎まれ口をたたく。本書が芥川文学の欠点をあげつらいながら、そうして厳しい批判を手槍の如く次々と繰り出すけれど、あと味が悪くないのは、芥川への、なまなかでない著者の愛情が感じ取れるからである。

芥川龍之介は小島政二郎にとって、文学の師匠であった、といって過言であるまい。たった二年上だが、相手は、文壇きっての花形作家であり、新文学の旗手と目された天才であった。当時の小島は無名の文学青年にすぎない。

大正七年、小島は初めて芥川を訪問する。夏目漱石の高弟の一人、鈴木三重吉の紹介である。三重吉は童話雑誌『赤い鳥』を主宰しており、小島はこれの編集を手伝っていた。

芥川は結婚したばかり、小島はあとで知ったが、訪ねたのは何と結婚翌日という。以来、芥川が自殺する昭和二年七月まで、変らぬ交遊が続く。いわば小島は、芥川の作家生活のほぼ全部を身近に見たことになる。

小島は芥川から文学そのものを懇切に教えられた。自信が無く、一向に書きだせない小島に、芥川は手紙でこう励ましている。

「小説を書くことは恥を一つ書く事だとお思ひなさい　さうすればどんどん書けます　是非お書き出しなさい」（大正七年九月四日付）

また、こうもアドヴァイスしている。

「小説を書く事は必しもなさざる可からざる事ではないでせう僕も昔は誰にでも書けく〳〵とすゝめましたが今はそれ程煽動しません　アクションが一番尊いとは思はなくなつて来たからです　書きたかつたら御書きなさい　書きたくないのにうん〳〵云つて書くのは（職業なら知りませんが）莫迦《ばか》げてゐます　僕は唯書きたいから書いてゐるのに過ぎません　さうして同時に又書きたい事が必しも書きたくない事より高等だとは思つてゐないのです

だから僕も書きたくなくなつたら何時《いつ》でも書くのをやめる心算です（略）」（大正八年十二月二十二日付）

創作上の悩みに、芥川が親身になって労り答えている。芥川の寵《ちょう》を得た、ということは、小島の文才が認められたことである。しかし、小島は決して卑屈になっていない。文学上で自分が納得できないことは、堂々とそのむね意見を述べている。そのような率直さが、芥川に愛されたともいえる。

小島の性分は、彼の文学の特徴になっている。本書で十分おわかりだろう。文章に対する潔癖も、本書で芥川が「で」や「が」の濁りのある仮名が嫌い、という指摘に現れている。文章にこだわる者でなかったら、気づかないことで、芥川独特の語感と論じたのは、小島政二郎だけである。

本書で、ここは最も重要な部分だろう。小島は実例を三つ挙げている。

その一つ、「僕はつい二三日前の夜、夢の中に彼と話していた」という芥川の文章だが、この「夢の中に」は、普通は「夢の中で」と書くだろう、と小島は言う。しかし、芥川は「で」という濁音の汚なさを嫌った。それは詩人の感覚だと、小島は鋭く迫る。

文章に神経を使っていては、小説で人生を描くことはむずかしい。「綺麗も汚ないも云っていられない。『で』や『が』が裟婆そのものの音《おん》ではないか」

かくて芥川は、面白い話をつづる一流の「物語作家」ではあるが、人生の諸相をえぐりだし、人の生き方を示す「小説家」ではない。小島はそのような結論を下す。極論かどうかは、問題ではない。読者の私たちが、そうかも知れないなあ、と共鳴したなら、小島の思う壺にまんまとはまったのである。

なぜなら、本書は、「小説」だからである。「長篇小説　芥川龍之介」だからである。評論ではない。評論めかした小説なのである。

芥川の悲劇は、物語作家の素質なのに小説家と思い違いをしていたこと、養家を飛びだして、夫人と子どもだけの家庭を持っていたら自殺はしなかった。この二点を主張するため、小島は本書をつづったのである。主張の正当性を、立証しようとした。

その口調は、ある時はせっかちで、ある時はだらだらと締まりがなく、やたら引用文が長すぎたり、本題から外れたりするけれど、これは小島も自ら「私の悪い癖」と認めている。八十三歳でこれを書いた。くだくだしさは、老齢のせいもあるだろう。

それともう一つ、自作の『眼中の人』と重複する理由がある。同じ事柄を書くと、二度目の筆は、初回の文章を舌足らずに感じて、言いわけがましく、つい長々と説明してしまう。小島が本書でそれを示した。

芥川との交遊は、昭和十七年に、『眼中の人』のタイトルで出版した、ほぼ書き下しの一書で明かされた。

ただし、『眼中の人』は、芥川だけを描いた作品ではない。芥川やその親友の菊池寛、久米正雄との交わりを中心に、若き日の自分の言行を回顧したもので、自伝的長編小説というべきジャンルである。出色の大正文壇史、とみなされ、評価されている。

本書の芥川のエピソードは、『眼中の人』と大半が重複する。これは、やむを得まい。ちなみに「眼中の人」なる語は、中国の古詩に出てくるもので、忘れ得ぬ人、という意味である。

二人の交際の親密は、芥川の全集に収録されている小島宛書翰の数で歴然だ。晩年の芥川は健康を害し、神経も衰弱した。たとえば友人がくれた手紙の角張った文字にも、いらついた。小島にもこんなことを書き送っている。

「実は君の手紙を見てあの長さに感謝すると同時にあの長さをものともしない君の魄力に敬服してしまつた」（大正十五年六月三十日付）

これは皮肉ではあるまい。小島のエネルギーに、恐れをなしたのである。あるいは、いっその饒舌に、と言ったらよいだろうか。本書の書きっぷりから、そんな気がする。これは全集に載せられた芥川の、小島への最後の手紙である。

この年の十二月二十五日に天皇が亡くなり、昭和と改元された。従って昭和元年は六日間しかない。翌年七月二十四日、芥川は自殺した。三十五歳である。

「文壇の雄芥川龍之介氏　死を讃美して自殺す」とは二十五日の東京日日新聞朝刊の大見出しだが、自殺の理由は、はっきりしない。

大正から昭和に移ったばかり、誰もが新しい時代に漠然とした不安を感じていた。不景気が深刻になり、失業者が増えていた。そんな折に、大蔵大臣の失言から金融恐慌が始まった。希望の持てる世の中ではなかった。知識人の代表ともいうべき芥川のデリケートな神経は、逸早く、将来のこの国の暗雲をキャッチしたのだろう。

若者の多くは、芥川の自殺をそのように捉えた。だから、大きな衝撃を受けたのである。

本書にはごく簡単に記されているが、芥川の葬儀は二十七日に行われ、菊池寛、泉鏡花、里見弴が弔辞を読んだ。小島政二郎も、後輩代表として、読んでいる。

後輩といえば、菊池寛が芥川についてこんなことを書いている。

「人としての芥川は、いくらか、強もての方で、一般から可也近《かなり》づきがたいように思われている」従って文学青年などは敬遠するようだが、実は自分に近づいてくる人には、大変親切である。

「特に、自分を尊敬して近づいて来る者には、可也親切だ」

小島政二郎が、いい例であろう。菊池は、続けて言う。

「それは所謂自尊心の強い人の欠点でもあり美点でもあると思うが、芥川は尊敬して近づいて来る者には、下らない人間に対しても可也親切だ」(「芥川のこと」)

誤解されるところまるが、小島が下らない人間というのではない。芥川が「自尊心の強い人」であった、ことを知ってほしいのである。そういう性格の人だから、養父母に孝行したのである。それは美点であるが、小島は欠点だ、と指摘する。養家にがんじがらめとなり、行き詰まったのだ、というのが、本書のテーマなのだ。

強引な結論である。ところが、そう反発しながら、一方で小島の言にうなずいてしまうところがある。小島の遠慮会釈も無い言い分の底に、芥川への愛情が感じられるからだ。若死した芥川を哀惜する並々ならぬ真情、これは嘘いつわりが無い。

本書で、すこぶる鮮やかな場面がある。芥川の思い出ではない。芥川の遺児の一人、多《た》加志《かし》のエピソードである。

小島夫人が芥川家に土産を携えて伺った。土産をくるんだ風呂敷を広げたら、小学校にも行っていない年齢の多加志が包み直した。風呂敷を裏返して、表を中にし、裏を外にして包み、それを開いて、ほどいた瞬間に、ほら、美しいでしょう！　と教えた。

小島夫人は感動し、「あれこそ天才」と嘆称していた、というのである。惜しいことに多加志は二十二歳で戦死した。

この風呂敷のエピソードは、私には芥川その人のエピソード、あるいは芥川文学の特色のように思える。芥川作品のテクニックを思わせるのだ。風呂敷の裏でなく表側に、品物を包む。斬新な工夫と技巧でまず客を驚ろかせ、ついで絢爛たる色どりと構成で感嘆させる。風呂敷は物を包む具ではなく、品物をひきたたせる後ろ幕の役割りである。

芥川は創作において、あらゆる表現の形式を案出した。近代文学の、いわば、思いつく限りの図柄の風呂敷を考案した作家である。手紙文、告白文、聞き書き、問答、独白、対話、座談、講演、覚書、脚本、日記、遺書、古文書風……。ちなみに芥川の影響を受け、芥川が試みなかった形式をいくつか創造し成功させたのが、芥川を尊敬し、その自殺にショックを受けた一人、太宰治である。近代文学の表現形式は、この二人の天才作家によって確立完成された。

小島政二郎は、一九九四（平成六）年に亡くなった。百歳だった。

小島の代表作に、『円朝』がある。落語の名人、三遊亭円朝の生涯を描いたもの、こんな風に書き出されている。

「私の祖父は利八と言って、寛永寺お出入りの大工の棟梁だった」

その通りで、上野「寛永寺御用」の看板が震災で焼けるまで残っていたという。宮大工の祖父が下谷に呉服商「柳河屋」を開き、小島はそこの次男として生まれた。

店の通い番頭にかわいがられ、小学生の頃から寄席や貸本屋に連られて行った。『円朝』や、作家として認められた大正十二年作の『一枚看板』（講釈師の神田伯龍がモデル）など芸人を描いた小説は、少年時代に培《つちか》われた話芸のたしなみと、巧拙を聞き分ける耳が、物を言っている。

中学時代は、もっぱら江戸文学に凝り、一方で外国文学に親しんだ。永井荷風にあこがれ、荷風が教授をしていた慶應義塾大学に入るが、教えを受けないうちに辞任してしまう。鈴木三重吉に弟子入りする。三重吉夫人の妹に恋し、やがて結婚する。最初の創作集『含羞《がんしゅう》』の発行予定日は、大正十二年九月一日だった。初版二千部。印税で何を買おうか、と夫人と楽しみに話していたところに、地震が来た。『含羞』は全部灰になった。小島夫婦は、無事だったが、辺りは火の海である。しかも夫人は、身重であった。小島は同居していた病気上がりの姉と夫人を、地震の翌々日、芥川宅に連れていった。以下、『眼中の人』より。

「芥川は心よく女二人を預かってくれた。私は手を合わせて拝みたいくらいに思った。

『まあ、鬚《ひげ》でも剃りたまえ』

芥川はそういって、安全剃刀《かみそり》を縁側に出してくれた」

芥川は現在の北区田端に住んでいた。

「芥川はいつもとちっとも変らず、落着いた、澄んだ空気を身のまわりに持っていた。

『これで、ぼくたちが生まれてそこで育った明治の東京は完全に滅びるね』

そんな話から、震災が与えるであろう東京の――ことに、文壇生活への打撃のことが話題にのぼった」

小島は出版社も印刷所も焼失したし、復興は衣食住からだろうし、文学は当分だめだろう、と悲観論だった。芥川はそんなことはない、と言う。今月中に文学活動は再開する、と自信ありげに断じた。芥川の論拠は、早くも自分のところに地震の記事を書け、と雑誌社から依頼があったこと。そうと聞いて小島は前途に光明を得た思いで、気分が軽くなった。

一人で、根岸の自宅に戻る。腹がへって、たまらない。荒れたままの家に入って、食べ物を探した。茶の間で、突然、虫が鳴きだす。籠で飼っていたガチャガチャ（くつわ虫）である。よく生きていたものだなあ、と小島は感動する。

『眼中の人』は、『都新聞』（現在の東京新聞）から、小島に連載小説の依頼が飛び込む場面で終る。この小説は、『緑の騎士』である。のちに一冊にまとめられ、好評を得た。例の『含羞』も、大正十三年に改めて本になり、日の目を見た。

小島が脚光を浴びるのは、『海燕』（昭和七年）や『花咲く樹』（昭和十年）や『人妻椿』（昭和十二年）『新妻鏡』（昭和十五年）などの大衆小説である。

戦後は、『三百六十五夜』（昭和二十三年）、『甘肌』（昭和二十九年）で人気を得た。他に『食いしん坊』全六巻の食味随筆、『清水次郎長』などの時代小説、『鷗外荷風万太郎』などの回顧録、『わが古典鑑賞』を初め、俳句や川柳を論じた本、更に、『下谷生れ』他たくさんのエッセイ集がある。

最後に、小島政二郎の人となりを紹介しよう。

まず、『眼中の人』の一人、菊池寛の見た小島である。大正十四年二月に書かれた「文壇交友録」に、こうある。

「芥川龍之介。交友十年、後事を托すべし。久米正雄。交友十二三年。例えば星の昼は見えざる如き良友なり。但し、事は頼まれず。(略)佐佐木茂索。同上(注・交友六七年)グッドセンスあり。小島政二郎。同上。律儀にして親切なり、秘事を明《あきらか》にすべし」

では、芥川は小島をどう見ていたのだろうか?

菊池の「文壇交友録」に出てくる佐佐木茂索は、小島と同年で、芥川の門下生である。小学校しか出ていない。独学で、作家になった。のち文藝春秋社に入社し、戦後の二十一年、同社新発足に当って社長になった。

その佐佐木に、芥川が送った手紙の中で(大正九年六月十五日付)、小島に触れている。小島の持っている根気のよさが、君には欠けている、とたしなめ、

「小島はすべての点で君より弱いかも知れない　しかし仕事の上にかけると僕自身も意外だつた位底強い辛棒《ママ》気を持つてゐる　あの辛棒気がある限り僕は芸術家としての小島政二郎は救はれると信ぜずにはゐられないのだ」

小島夫人の言葉も、添えておこう。この夫人は『眼中の人』の夫人でなく(戦後亡くなられた)、二番目の視英子夫人である。

「小島に就いてどんな人でしたか、と問われたら私はまず挙げたい。決して言訳をしない男だったと。そして卑怯未練が大嫌いだったこと。肉体的勇気に異常な憧れを秘めていたこと。ユーモアのセンスが抜群であったこと。俗人が大嫌いだったこと。徹底的に非形式

主義者であったこと。好きと嫌いの境界線が確然としていたこと。おセンチを憎悪に近いまで厭がっていたこと。男女を問わずエラの張った顔を嫌い抜いたこと。（だから小島にとってはオードリーヘップバーンもグレースケリーも女ではなかった）（略）」（「永遠の笑顔　わが良人、小島政二郎」）

全く奇妙なことだが、夫人の言の一つ一つが、本書を評しているように受け取れるではないか。

小島政二郎『長篇小説・芥川龍之介』解説　講談社文芸文庫　二〇〇八年八月

時代は謝ったか　――舟橋聖一

悉皆屋《しっかいや》なる商売については、本書（舟橋聖一『悉皆屋康吉』）ののっけに説明がある。ということは、この小説が書かれた頃（昭和十六年から二十年）には、すでに悉皆屋はその業界の人たちにのみ通じた言葉なのだろう。現代では、まず耳にすることがない。「死語」といっても、言い過ぎになるまい。

本書のテーマは、悉皆屋と冠した書名で明らかである。何の意味だろう？　といぶかったあなたは、作者の術中にまんまと陥ったのである。

古い名称の職業。作者には、これがどうしても必要だった。新時代を告発するために、古めかしければ古めかしいほどよかった。

その職業を「隠れ蓑」にすることができるからである。告発には是非とも「隠れ蓑」が入り用だった。

なぜかは、この小説の執筆時期を見ればわかる。

先に、昭和十六年から二十年、と記した。

太平洋戦争のまっさい中である。

「巻の壱」を発表したのが昭和十六年、雑誌『公論』の四月号で、「巻の弐」が翌年の

『改造』七月号、そして「巻の参」が十八年の『文芸』一月号、「巻の四」が十九年の『文学界』一月号という風に、連作の形で書き継いだ。

「巻の五」以降は、書下ろし形式で執筆した。掲載すべき雑誌が無かったからである。完成すれば、創元社が出版してくれる約束だった。

昭和十九年三月、舟橋は両親と妻子を宮城県と岩手県にそれぞれ疎開させると、自分は熱海《あたみ》にこもった。新熱海荘という旅館の一室で、『悉皆屋康吉』を書き続けた。

舟橋は「熱海という名の温泉街」というエッセイで、この頃を次のように回顧している。

「正直なところ、段々空襲が激しくなると、いくら熱海へ逃げては居ても、所詮命は知れたものでないと思うと、私はこの小説を、最後のものと観念して、書いていた。殊に巻の七、巻の八を書く頃、B29の攻撃力は増大し、執筆中も度々、燈火管制を受けて、せっかく脂ののってきた筆をおかねばならなかった。又、敵機来襲の声に戦きつつ、書きかけの原稿紙をかかえて、待避壕に急ぐような始末も演じた」

町内には警防団というものが作られ、規則が守られているか見回っていた。室内の灯火が少しでも戸外にもれようものなら、やかましく注意された。

舟橋は用心して、電球の光を遮蔽していたが、警防団は雨戸の隙からのぞきこんでは、「電気を消せ。電気を消せ」とどなった、と書いている。思うに、机に向って一心に物を書く姿が、連中には怪しく見えたのだろう。時局に迎合しない人間は、非国民と見られた。

これが『悉皆屋康吉』の懸念する「一黒点」であった。

「巻の七」の一章の書き出し、「社会の上層を、血なまぐさい風が吹き出した」の「風」である。「風」の中で、果して悉皆屋という商売がやっていけるものかどうか。先行き、どういうことになるか。それが常に康吉の胸を去来する「一黒点」である。

康吉は業界の先達であり、染織界の天才といわれる人に、「一黒点」の不安を打ち明ける。老匠は、あなたにもそういう悩みはあるのか、と言い、いや、あるのが本当だ、とうなずき、次のように答える。

「誰にだってある。が、それをはっきり取上げている人とない人。そのちがいだ。だが、康吉さん、世の中がいつまでこれでいいというわけはない。時流に媚びたら、おしまいで、そこに気をつかいさえすれば、あとは火の玉のようになって、一生を燃やしつくしていくのがいい」

これが、本書のテーマといってよい。死語になろうとする商売が、更に時流に潰されかかっている。悉皆屋だけではない。世の片隅で、細々と、しかし誠実に生きている人たちが、戦争という巨悪に巻き込まれ、圧殺されようとしている。

舟橋はおのがなりわいに引き換えて、考えたであろう。筆一本で、この化け物に立ち向かえるか。身のまわりは、「電気を消せ。電気を消せ」の威嚇の声である。

染織界の老匠の返事は、舟橋の作家としての決意であった。

老匠は、こうも言う。

「ということは、これで案外、時流に媚びることに、一生かかって、夢中な人もいる。当人は、結構、それを情熱だと思っているんだから、余計、始末にわるい」

この言葉は、戦時中にはきわめて痛烈に響いたはずである。時流に媚びないように、の戒めが、万が一、当局の忌諱《きき》に触れたとしても（当時はこの程度でも、めくじら立てた）、何とか言い抜けられる。しかし、時流に夢中で媚びる人とは、どんな人間だ、具体的に挙げてみろ、と迫られたら、のっぴきならない。舟橋は勇気ある言葉を書きつけたのである。

では、咎められたか？

舟橋が『悉皆屋康吉』を完成させたのは、昭和二十年一月のことだった。原稿を創元社に渡し、創元社は日本出版統制会に申請した。ここの承認を得ないと、出版できない。紙が統制されていたからである。さいわい、承認され、初版三千部の紙が配給された。舟橋は時の学芸部長だった評論家・河盛好蔵のお蔭、と感謝している。

原稿は印刷に回され、すごいスピードで組み上がった。

ところが製本の段階で、空襲に遭う。五月末、創元社も製本所も焼失した。焼失する前日、日本出版配給株式会社に納入した一千部が、奇蹟的に無事だった。

この一千部が、世に出た。

戦争が終ってから重版されたけれど、戦時（といっても終戦まで三カ月足らずである）に本書を読んだ人は、きわめて限られるのではないか。

当局も、戦争遂行《すいこう》で忙しい。目を向ける余裕が無かった、というより、悉皆屋という言葉にごまかされたのではないか。日本の伝統的仕事であり、職人の話である。当局に楯つく内容とは、ゆめ思わなかった。

雑誌に発表したのは「巻の四」までで、康吉が身を固めたところである。ここまでは、職人小説、あるいは人情小説といってよい。

舟橋の書きたいテーマは、書下ろしの巻にあった。これは単行本を開かないと、つかめない。当局は、まんまと騙されたのである。

『悉皆屋康吉』という小説が、そもそも古めかしい語りであるために、過激な意図を秘めているとは、思えなかったのであろう。

康吉のセリフの古風さ。何だか、江戸の人情本を読んでいるみたいだし、新派の舞台を眺めているような錯覚にとらわれる。

「へえ、これは不調法でございました。稲川って申しましても、御存知の筈もございませんが、あの、吾妻橋際に店をもっております悉皆屋でござんすが」

とこれが、主人公が初登場した折の挨拶である。大正に入った頃、とある。

当時の悉皆屋の口跡を写しているのだろうか？

筆者は、誇張ぎみに写している、と見る。

古めかしさが必要だった。だから、わざと古い口調を用いた。言葉も時代色を帯びている。

「そういう、ハミにかからぬところが、喰わせもんじゃアないかと、疑ってかかった」

ハミは、馬の口にくわえさせ手綱をつけて御《ぎょ》するもので、ハミにかからぬ、はおとなしく自由にならぬことである。

「人の足を踏むようなブマをした」

不間《ぶま》、普通はヘマと言っている。

「全く、赤坊みたいなんだもの、こぼしてばっかり。これじゃア、およだ掛けが要るわね」

赤坊で意味がわかる。よだれ掛けである。

「にやけた絆天《はんてん》なんぞ、ゾベロと着ながしていやアがった」

ゾベロは、ここでは、だらしなく着ているさまで、ぞべらぞべら、あるいは、ぞべぞべとも称する。

「その場限りの銀ながしでね」

見かけだおし、である。

「然し、びっくらした」

びっくりの誤植ではない。東京では、びっくりをこう言った。

東京日本橋生まれの女性作家、長谷川時雨《しぐれ》の回顧録『旧聞日本橋』には、「びっくらするような気合」「あたしはびっくらして」と、頻繁に出てくる。現代ではまず耳にすることがなくなった。

「さて勘定という段になって、いつも、じぶくるのだった」

理屈をこねることである。

「年寄の手前痟性っていうのよ、きっと」

痟性は、病的なきれい好きだが、手前痟性は、手前勘という言葉を洒落たものと思われる。手前勘は、勘だけに頼って、自分の都合のよいように思うこと、いわゆる、ひとりよがりである。

「あいつめ、とうとう、襟につきゃアがった」

お追従したり、ご機嫌をとってかわいがられることである。

もう、いいだろう。

これらは皆、昔の東京人の口癖である。何の異和感もなく、登場人物たちが口にするのも道理、作者の舟橋が東京の下町生まれだからだ。

東京市本所区横網町二丁目二番地。現在、東京都慰霊堂、国技館、江戸東京博物館のある町である。

明治三十七年十二月二十五日に生まれた。クリスマス（聖誕祭）当日なので、聖一と命名された。両親は別にクリスチャンではない、というから面白い。

父は東京帝国大学工学部治金《やきん》学科を卒業、同大助教授となり、ドイツ留学後、教授になった。母は、足尾鉱毒事件で有名な銅山王、古河市兵衛の会社で、理事長を務めた人の娘である。聖一は、長男だった。

小学校である日、教師がこんな訓辞をした。日露戦争が終結して数年後である。

君らは将来、徴兵検査を受け、合格した者は兵役に服すのだ。体が弱くて不合格になるのは、日本男子の恥である。お国のために命を捧げる、男の子はその覚悟を持て。徴兵検査は全裸で受ける。そういう時は、男子の股座《またぐら》に桃の実のごときものがついていようとも、それを恥ずかしがるようでは、あっぱれ日本男子とは言えないぞ。

「この時の教師の言葉は、長く私の一生を支配した。『桃の実』という表現をしたのも、はっきり覚えている。私は将来が不安になり、大人になることが馬鹿々々しくなり、むしろ暗い運命として感じられた。自分の意志に反して、徴兵という国家の命令のために、強圧的な兵役の義務に服従させられる。それが磐石のように押しかぶさって来た」(「私の履歴書」)

聖一は恥ずかしがり屋で、裸になるのを嫌った。だから尚更、教師は自分のことを当てこすっている、と受け取ったのである。戦争に駆りだされることのない女の子に生まれればよかった、と思いつめた。

教師の訓辞が「一黒点」となり、聖一の人生を微妙に動かしていく。

中学生の時から、小説家志望だった。三年生の国漢の担任は高田真治といい、影響を受けた。そのため国漢の成績が上がり、他の科目も首席近くになった。四年生の時、高田先生が、新設の旧制水戸高校に赴任した。聖一は先生を慕って、水戸高を受験、合格した。

『悉皆屋康吉』の「巻の壱」七章から、舞台は水戸に移る。

大正十二年の関東大震災で焼けだされた梅村市五郎は、康吉に水戸行きを打ち明ける。市五郎の愛人の友だちが、水戸の大工町という所で、延小扇《のぶこせん》の名で清元を教えている。手頃の家もあるそうだから、お前も一緒にどうだ、と誘う。康吉は主人の誘いだから、断れない。

梅村父娘と共に、「水戸の上市のはずれ、高等学校の校舎をすぐ向うに見る低い丘の上の畑に、二、三軒新しい家が並んでいる」その一軒を借りて住む。

聖一は水戸高の一年目は、規則で寮生活をしたが、二年生からは福田屋という旅館の一室に下宿した。関東大震災に遭遇したのは、夏休みで上京していた十八歳の時である。

震災のどさくさに、無政府主義の大杉栄と伊藤野枝、それに大杉の甥(六歳)が、憲兵大尉に惨殺された。大杉の著書に親しんでいた聖一は、大変なショックを受けた。その前から聖一は、戯曲家で作家の秋田雨雀と文通をしていた。雨雀は社会主義運動家でもあり、大杉と親交があった。大杉を読めと雨雀に勧められたのである。

雨雀は水戸高に呼ばれて講演した。その足で大洗に住む詩人の山村暮鳥を見舞った。聖一もお供をした。帰途、大洗神社に寄った。聖一が神前にぬかずいたら、雨雀に一喝された。

「これからの知識者は神仏なんぞ拝んではいけない。凡そ宗教という宗教は欺瞞ですよ」

「これは私にとって雷撃に似たものであった」と聖一は回顧している。

文学熱は高じて、仲間と同人雑誌を発行している。誌名を『歩行者』といい、大正十二年五月に創刊号を出し、大正十三年二月の五号で終った。この五号に聖一は戯曲を発表した。これが、第一作である。

その頃から夕方になると、色町の大工町に通いだした。芸者遊びを覚えたのである。一方で、清元を習い始めた。

師匠は、震災で水戸に疎開してきた清元延寿太夫門下の、延玉英《のぶたまえい》である。ここで、『悉皆屋康吉』と作者の現実が重なりあう。小説では、延小扇。実在の人物は、こちらも女師匠の延玉英。場所は同じ大工町。

聖一が清元を習いだした動機は、歌舞伎を理解するためには浄瑠璃を知らねばならぬ、と思ったからだった。当時の聖一は、小説より戯曲に熱中していた。

清元の稽古場で、友だちになった仲間がいる。一人は八百屋さんで、この人はのちに清元美登太夫《みとだゆう》を名のるプロになった。

もう一人が、悉皆屋さんだった。

老田弥吉《おいだやきち》さんという。震災で日本橋小伝馬町の大店の染物店を焼けだされたため、水戸にやってきた人で、生粋の江戸っ子だった。

そう、この老田さんが、「悉皆屋康吉」なのである。

いや、そう言い切っては語弊がある。康吉のモデルといった方が、さしさわりがあるまい。聖一もはっきり、「老田さんのほうは『悉皆屋康吉』のモデルとなった人」と書いている。

小説の梅村市五郎は、「隣りで、高等学校の学生に間貸しをして、結構家賃の半分はあげている」という話を聞いて、自分の所もそのようにする。八畳を部屋貸しする。ところが食事付きでないため、八円でも借り手がない。

ある日、南条という学生が、津田という友人を連れてきて、二人で食事付き一カ月七十円でどうか、と掛け合う。市五郎は喜んで受け入れる。

モデルの老田さんも、店を間貸ししたのである。聖一は福田屋を引き払い、老田さんの下宿に移った。

聖一は記す。「この時同じ下宿の隣室に入ったのが早崎文雄君である。鏡花、荷風、紅葉などの愛読者で、市川左団次（先代）、喜多村緑郎に心酔していた。つまり私と彼とは同好の士だったが」うんぬん。

南条か津田のどちらかが、聖一本人ということになろう。「康吉は二人のうちで津田の方に親しみを多く感じていた」とあるから、津田が聖一だろうか。

南条は「中背の色の白い、眉毛の美しい学生」だが、津田は「背は低かったが、瞳のはっきりした、頭のよさそうな男」である。

津田はまじめそうで、南条は軟派のようだが、聖一はといえば、津田より南条に近い。先に芸者遊びを覚えた、と記した。覚えたどころではない。たちまち、深間《ふかま》を作った。十八の売れっ妓《こ》である。豆千代という。聖一は、豆千代によって女を知った。

ある日、老田さんに忠告された。「あの妓は評判がよくないからやめたほうがいい。あの妓に関係すると、一ト財産すっちゃうということですよ」

小説の「康吉」は堅物で働き者なのに、そのモデルは、女遊びもさんざんして、酸いも甘いも嚙みわけた通人らしく思われる。何せ、清元をさらうような人である。

あるいは、「梅村市五郎」と「康吉」の、二つの面を備えた人だったのかもしれない。ながながと説明したが、とにかく、『悉皆屋康吉』は、作者が高校時代を水戸で過ごしたために生まれた作品であることを、言いたかった。

老田さんに出会った幸運、だけではない。色町に親しみ、男女の情愛を知っただけではない。

水戸という土地の独特の気風に染まっただろう、と思うのである。尊皇攘夷論の総本山、と称された水戸は、一徹者の性格を作りあげた。自分がこうと思ったら、何が何でも押し通す。そのような頑固な融通のきかぬ性分が、幕末、藩内での血で血を洗う抗争に発展した。多くの有為の若者が、同士討ちで果てた。

口より先に手が出るのである。言えばわかるのに、そうしないで行動で示す。意地っぱりである。

『悉皆屋康吉』という小説には、これら「水戸人」の特徴が、随処に顔を見せているような気がする。

康吉と妻のお喜多が新婚早々、金庫の開け方を忘れた覚えないで、口喧嘩をする。「強情っぱり」と康吉が言い、「ええ、そうよ。強情ぱりよ、どうせ、何さ……」とお喜多が返す。

こんな文章が出てくる。

「以前から、康吉は、せめて、女房にだけは頭を下げたくないと思っていた」

商人だから主人にも、顧客にも、朋輩にも、隣近所まで、へいこらとしてきた。「できるだけ下から出た自分も、男とうまれて、せめて、女房だけには、頭をおさえられたくなかった」。「男とうまれて」などという古くさいプライドは、保守的な土地柄が醸《かも》すものである。

康吉が一人で酒をのんでいる時、必ず口をついて出るタンカ、「ふん俺は根っからの職人でも、商人でもねえんだぞ。へん——芸術家なんだぜ。知らねえか」

悉皆屋という天職に生きる男を描こう、と作者が思い立ったのは、たぶん、この辺にあるに違いない。

女房に頭が上がらぬ男は、時代にも頭をおさえつけられていく。しかし、さすがに黙っていられない。

康吉は、お喜多に一発、平手打ちをくわす。

なぜだろう、このシーンが、少しもどぎつくないのである。

男が女を殴る。普通は、顔をしかめてしまういやな設定だが、何だか胸がすっとするのである。いつの間にか読み手が、康吉の肩を持っている。お喜多がどうの、女がこうのの問題ではない。いつの時代にか読み手が、康吉の肩を持っている。


本書を読み終えてあと味がいいのは、次の文章があるせいである。

「夫婦になって、康吉がお喜多に向って手を上げたのもはじめてなら、お喜多がこんなに泣いて謝ったのもはじめてだった」

時代は、謝ったろうか。ここは作者の願望だろう。


聖一は水戸高校から東京帝大国文科に進む。いろんな同人誌に関係した。井伏鱒二に、「君は散文の方がうまい」と言われ、戯曲から小説に転向した。昭和九年に発表した「ダイヴィング」が、行動主義文学と評され、反響を呼んだ。

舟橋聖一『悉皆屋康吉』解説　講談社文芸文庫　二〇〇八年六月十日

ういういしい幸田ファン　――幸田文

　今になると笑い話だが、私が幸田文作品にのめりこんでいた二十代の時分は、まことにういういしい読者であって、幸田文は小説家と目《もく》されているけれど、実は小説といえるのは『流れる』の一編だけであり、あとは全部、厳密に分類すれば随筆にすぎない、と思っていた。

　要するに、身辺をつづった文章であって、強いて小説というなら、私小説のカテゴリーに入る。生意気にもそんな色分けをして得意がっていた。

　父君・露伴の臨終記から、父の思い出、幸田家の家風や気風などをつづった一連の文章を読み、すっかり幸田一家に精通したものだから、すべてが事実であって、作り事など一つもない、と確信するに至ったのである。

　笑うべき錯誤であった。「私」という一人称で書かれているから、作者が実際に見聞したことに違いない。そう信じ込む小説の初心者と、何ら変りがない。ういういしい読者、と最初に断ったゆえんである。

　そんな私が、短編集『黒い裾』を読んだ。巻頭の「勲章」は、エッセイのつもりで読んだのである。

ところが次の「姦声」を読み進むにつれ、私は心底、驚いた。何しろ幸田文作品は、事実そのままを描いている、と信じて疑わない。

こんなことを世間に発表してよいのだろうか。

若い幸田ファンは、本気で心配したのである。

私は『黒い裾』が、あまり読まれないことを祈った。幸田文という作家のイメージが、損われることを恐れたのだった。

何という馬鹿馬鹿しさ。今となれば、純心であった読者の自分が、なつかしく、いとおしい。

私は幸田文という作家が、自作で造型した「幸田文」という女性に、すっかり惑わされ、魅了されていたのである。

吉川英治の『宮本武蔵』を、史実に準拠して描いていると思い込む読者が、武蔵を慕う娘の「お通」を、実在の人物と信じる。それと何ら変りはない。

幸田文の描く「幸田文」は、良家のお嬢さんではあるが、お茶ひとつ淹《い》れられないような、飾り物のお嬢さんではない。とんでもない。何だってできる。料理だって、洗濯だって、掃除だって、家事一切はむろんのこと、事務や、人との応対、かけひき等、世渡りに必要なことは、全部こなす。それも、通り一遍ではない。人よりも上手に、そつなく、隅々にまで行き届くように、心を込めて為尽《しつく》す。どんな些細な事柄でも、おろそかに手を抜くことはしないのである。

愚痴はこぼさない。音《ね》を上げない。口をきく前に、身体が動いている。失敗しても、すぐには引き下がらぬ。もう一度、挑んでみる。同じへまは、犯さない。どこが誤っていたか、徹底して検証する。

毅然として、隙が無い。武家の娘とは、このような女性を言うのだろう。

それが、「幸田文」であった。その「幸田文」が、婚家先（酒問屋である）のトラックの運転手に、狼藉をふるわれた。さいわいにも未遂だったが、世間に秘すべき事件であろう。しかし、作者は「幸田文」の体験として、公表した。

大胆きわまることと私は仰天したわけだが、「姦声」が、いや、『黒い裾』に収録された八編すべてが、「幸田文」を主人公の創作、とわからなかったからである。

幼稚な読者には違いない。しかし、と弁解するつもりは、さらさら無いけれど、ここに、幸田文学の一つの特徴がひそんでいるように思う。自分をダシにして、巧みな虚構の世界を築く。エッセイ風小説、とでも称したら適切だろうか。描写が小説のそれでなく、エッセイの筆致なのである。

大体、幸田作品の書き出しが、エッセイ風の文章である。身近な事柄の説明から、始まる。いつの間にか、仮構の世界に、読者は誘いこまれている。

そして、結びの文章は、これは完全に小説のそれである。

エッセイのようでいて、実は小説、という作品の文章は、白昼、人ごみの中に亡き知人を見つけたように、ぞっとするものがある。思わせぶりに描いていないから、怖く感じるのである。「姦声」でいえば、恐ろしいのは、トラック運転手ではない。

突っ立ったまま、「よせよ、おい、よせよ」と言うだけの無力な夫である。

いや、ぼんやりと騒ぎを見ていた十五歳の小女である。

『黒い裾』の作品でいうなら、「段」だろう。「段」の怖さは、格別である。

私は、あえて、言う。これは極上の、ミステリーである。ミステリーの、傑作である。

どこがミステリーか、若い読者には説明が必要だろう。

戦争が終って、しばらくは食糧事情が極度に悪かった（もっとも食糧不足は戦争中からである）。出征した人たちが帰還し、いっきょに人口増となり、少ない食糧の奪い合いとなった。配給の食糧だけでは、生きていけない。

ここに、闇商人が発生し、闇市というものができる。そこではお金さえ出せば、何でも入手できる。いわゆる闇相場での取引である。経済統制下では、違法であった。

闇の物資を拒否して、「悪法も法である」と餓死した判事がいた。そういう判事が有名になるくらい、つまり、日本中が生きるためにやむなく闇に手を染めていたのである。

タケノコ生活といって、筍の皮を剝くように、誰もが衣類や身のまわりの品を食べ物に換えて、その日その日を必死に凌いでいた。

「段」は、そういう時代を描いている。闇市場の様子が、そして取引の実際が、生き生きと描かれている。小説の場面に、ブラック・マーケットが登場するのは、珍しいことではない。坂口安吾や太宰治、石川淳などの作品で、おなじみである。しかし、そこでのやりとりは大抵が酒であって、料理の素材を求める主婦の姿は稀れである。「段」は、主婦の目による闇市の実態で、これは貴重である。

闇屋との駆引きは、まことにスリリングで、生海老《いけえび》の問答は作者の実体験とみて間違いないだろう。

男性作家の描く闇市の主要品は酒だ、と書いた。酒と煙草は、闇の花形であった。むろん、花形はまっとうな製品をさす。

たとえば酒は、粗悪なものが大手を振って出回っていた。

「カストリ」という。米や芋を速成発酵させた焼酎である。強烈な臭みがあり、鼻をつまないと飲めなかった。味わうのでなく、酔っ払うために飲んだのである。

この頃、ひどい紙質の軟派雑誌が、次々に発刊されていた。人はこれらを「カストリ雑誌」と称した。二、三号（二、三合）で潰れたからである。

メチル・アルコールも、密売されていた。これは本来、塗料やホルマリン製造に使われるもので、酒がわりに飲むものではない。毒性が強く、飲む量によっては失明したり、死亡に至った。

「段」は、このメチル・アルコールが清酒に混ぜられ、堂々と売られていた「恐怖」を描いている。清酒と銘打たれて出回っているのだから、恐ろしい。うかつに飲むと、命を落とす。

作者は、そんなこと、一言も説明しない。淡々と、父の仕事の打上げを叙す。そして、ささやかな祝宴の準備をする。食材を集め、招待客を決める。

当日、料理も調った。客も揃った。あとは、酒を運ぶタイミングである。

「私は知っている、食事が出るまえの席は人数《ひとかず》がふえるごとに話に調子がついて、高調子なやりとりが続いて一トしきりすると、こんどは逆におちついてくるものだ。へたをするとそのまま湿りつく場合もあるし、潮のさすように時を切って上向《うわむ》きになる席もある。酒を選びだすには耳がいるのだ」

台所の者は、座敷の気配を耳で聞き、酒を出す潮時をうかがっている。

「いつ出してもいいようなものが酒だが、きっかけを見て運びだすと、あとの給仕や料理の出しかたが楽になる」

これは、エッセイの文章である。

「それを私は知っていた。知っていながら、二度その折をはずしていた」

これは、小説の文章である。

「使いに出した娘が帰るのを待っているのだった」

ここで理由が明かされる。全く唐突に示されるので、読者は、おや？　とけげんな思いをする。

宴席に必要な物を、娘は買いに走らされたのだろうか？

いや、七厘の火の加減を言っているから、料理に欠かせない物のようである。

「使いにやった駅の薬屋」？　当時は調味料を薬屋で売っていたのだろうか？　「そこで取る手間をたっぷり見て十分」？　薬屋で物を買うのではない。十分間も費すことって、一体、何だろう？

謎は深まって、これからが、ミステリーの筆致である。

「用意の酒は二本あった。そして、それが今更の当惑だった」

読者も、当惑している。「娘の帰って来ないことと酒の当惑とは、実は　ツものなのだ」

そう言われても、何だかわからない。作者はいよいよ気を揉ませる書き方をする。

「席をぶっこわすような酒の運びかたは到底忍びない、しゃんしゃんと手際《てぎわ》にやりたかった。やって見せたかった、やるのがあたりまえだと思った、やるべきだとおもった」

この、畳みかける文体が緊迫感を増す。

用意の酒の口金をはずし、銚子で燗をする。三本の銚子はすぐに空になり台所に戻ってくる。その頃に、娘が帰ってくる。青い顔をして、口がきけない。ばあやが差し出すコップの水を、飲んだか飲まないか、「娘はそこへへばって泣きだした」

「どの位？」

何のことだろう？

「え？　どの位？」

娘は答える。「二合でだめなの。」

ここで、作者は初めて、打ち明ける。

「メチールである。薬屋へ試験を頼んであったのだ」

娘の使いは、試験の結果を訊くことだった。薬屋の答えは、「二合でだめ」。二合で、潰れるというのである。カストリでなくメチールだから、潰れるのは死を意味する。

次の文章は、怖い。「戦後の酒は私は一本残らずかならず調べさせていた」

「私」が嫁いだ先は酒問屋であったことを、読者は「勲章」と「姦声」で知っている。酒問屋のおかみさんであった人が、酒を疑い、調べさせていたのだ。

怖いのは不信の念でなく、次の文章なのである。「そして一本残らず皆たしかな清酒だった。一本残らずだ、皆たしかだったのだ。一本残らずだ、一本残らず――」

この強調は何を意味するか。ショックを受けた「私」の、わけのわからぬ行動も、不気味さを増幅させている。

「段」のミステリータッチを楽しむには、しかし、メチールが恐ろしいものであり、これの混入された酒が家庭に入りこんでいた事実を知らないと半減する。

この短編のきわめつきは、結末の一行だろう。これぞタイトルの謎ときであり、小説らしい小説の文章である。

私は常々、幸田文の作品が、渋いわりには派手なのは、随処で色彩が光るからだろう、と思っている。色を効果的に用いている。

「姦声」のトラック運転手は、最初、「黒いジャンパー」姿で登場する。

元旦には、「黒いモーニング」の盛装で現れる。「まっ白なカラやカフス」「黄いろく濁る眼」「地肌が赭《あか》かった」普段の彼は、「鼻の両脇にどす黒くたまった埃の顔」に「光線よけの青い庇《ひさし》をちょいとずらして」帽子をかぶる。

彼の運転するトラックは、「グリーンに白線をあしらっ」たもの、彼の自宅は、「呼びリンのポッチが赤く」「頭の上にはオレンジ色の豆電燈がつくようになっていた」

酒問屋が左前になり、夫は「私」に、運転手から金を借りてくれ、と頼む。「私」は棄て鉢な心持ちになり、運転手に頭を下げる。

金を持参した運転手は、とたんに無遠慮になり、「あんた、おひるは?」と問い、外へ出ていくと紙包みを持って戻る。そして音を立てて袋を裂く。

「出て来たのはジャミパンと称する、あやしげな赤いぬるぬるをくるみ込んで焼いたパンだった」

運転手は口の端に「赤いぬらぬら」をはみださせながら、時々、舌でその辺を舐めずりつつ、食べる。「赤いぬるぬる」であり、「赤いぬらぬら」である。「鼈甲《べっこう》に金でイニシアルを置いた」煙草ケースを開ける。

ある晩、ぬっと入ってきた彼は、「片頬が紫色に腫れあがって」いた。大勢を相手に喧嘩をしてきたのだ。「あいつら、こんだ出っくわしたら最後、車の下へ呑んでやる」と息巻く。

久しぶりに往来で従兄と出会った「私」は、歩きながら話をする。だしぬけに、雷のような音がして、眼の前に蜂の巣のようなトラックのラジエーターがある。とっさに「私」は従兄にかばわれている。「驚きましたかあ。」と、例の運転手が馬鹿笑いをする。「気がおちつくと、なまいきに筋を運んで来たなと負けじ魂が起きあがっていた」

そして、前述した狼藉が出来《しゅったい》する。ここからは、色彩が無い。

色彩は、事が未遂に終った時点で現れる。「私」の髪は乱れ、「姿は全裸よりすさまじかった」。着物は片寄り、襦袢と肌着は、腰紐と帯あげでかろうじて体にまといついている。「赤い紐はきつく結ばれてなかなか解けない」

この赤は、ジャミパンのぬるぬる、ぬらぬらの、気色悪い赤でなく、「負けじ魂」の、きりっ、と締まった赤である。

思えば、短編集『黒い裾』は、「身にはまっくろなしきせ縞を纏《まと》っていた」(「勲章」)で始まり、喪服の「黒い裾」で終る。黒が基調の、小説集である。

幸田文の作品は、また、言葉の面白さを抜きにしては語れない。へえ、こんな言葉があるのか、と日本語の幅広さ、奥の深さを教えられる。「なめられみたいな顔」（「糞土の墻」）なんて表現は、使ってみたい。鯨やウワバミになめられると、つるんとした顔になる。それを、なめられというらしい。

「それは決しておときさんの足しになる人間とは見えなかった」（同）の「足しになる」も、こういう風に使えば、垢抜けているし、センスがいい。

「ごろっちゃら」（「髪」）、「のべたやたら」「てんでわらわら」（「鳩」）、「しゃくい投げ」「そうなると鏡も浅々《あさあさ》と薄い影を映しだすし、その影を見る千代も浅々としたこだわりなさで身じまいをする」（「黒い裾」）

「糞土の墻」は、作者が意識してユーモラスな表現を繰り出している。

「比久沢のじいさんばあさんはいくつだったか、要するにじいさんばあさんだった」

「きゅうりがへぼになった。ついで茄子の種が口に触《さわ》る。秋来ぬと眼にさやまめのふとりは著《しる》く」

「西欧義塾は夫人令嬢が美しく、早熟田《ませだ》大学は女学生の信頼あつく、わが大国大学は色彩なく、いささか貧乏臭かった」

「天知る地知るばあさん知る、知らずやあわれ！　垣は一面に粉飾してあろうとは！」

「先生は額を叩き、喉まで陽を入れて笑った」

もう、いいだろう。

この短編には、今はもう廃れた風習のいくつかが、当り前のように描かれている。たとえば、比久沢のばあさんは信心深く、何でもありがたくて拝んでしまう。お天気なら、お日様を拝む。

私が東京に出てきたばかりの昭和三十年代の下町では、ごく普通にこういう人を見かけた。信仰というより、今日も元気で一日を送れますように、という程度の祈りであったろう。あっちこっちの物干し台や、公園の片隅で、太陽に向って柏手《かしわで》を打つ人を見た。幸田文は、すまして、こう付け加えている。「雨の日は拝まない」

鎮守様の祭礼にはどこの家も強飯《こわめし》や煮しめというのに、こそこそと米をとぐ隣人がいて、それも粥《かゆ》の分量なのを見て同情し、比久沢のばあさんは重箱におこわを詰める。じいさんが、「ほらよ」と南天の葉を剪《き》ってやる。

難を転ずる、といって、南天は縁起の良い木なのである。赤飯を詰めた重箱の隅には、南天の葉を添えて、人に贈ったものだった。餅菓子屋さんで赤飯の折りを買うと、蓋《ふた》に南天の実と葉を描いた紙が巻いてある。昔の名残りが、わずかに包み紙にとどまっているわけだ。

幸田文の魅力を挙げると、きりがない。

最後に一つ記すと、会話の生きのよさ、である。

実際にこんな気のきいた会話をしていたのだろうか。私はいつも疑問に思うのだが、いけない、いつのまにか、また、幸田文の術中に陥っているのである。現実の幸田文がしゃべっているのではない。作品の「幸田文」が代弁しているのだ。

「黒い裾」のばあやが、語る。

「あてなしに喪服を作るなんて縁起でもありませんが、……その縁起は私が頂いて行くことになるんだろうと、そんな気あたりがしたもんで、なんだか涙がこぼれました。……奥さま、ご厄介をお願いします。」

この最後の言葉である。これは、「幸田文」語とでも評すべき、独特の言葉遣いだと思う。幸田文が意識して作りあげた「幸田文」語であり、会話なのである。

「雛」で、父が娘をさとす。

「人には与えられる福分というものがあるが、私はこれには限りがあるとおもう」という、長いセリフである。

この父は、もちろん露伴である。露伴の口跡を娘が忠実に写したものと、読者は想定しながら読んでいるが、当然の話ながら、幸田文のイメージした父の言葉で、つまりは「幸田文」語なのである。ただし、この父と娘は、親子性別を離れて、一体のようなところが見える。露伴は文《あや》であり、文は露伴なのだ。口跡がそっくりであっても不思議はない。

「黒い裾」で私が一番好きな文章がある。

「女も二十五を越すと、内面的な美や個性的な光りはふえるけれど、肩さきや後ろつきの花やかさは薄れる。鏡に映らない部分から老《ふけ》は忍びこむし、衰えは気のつかない隅《すみ》から拡がりはじめる。そんなときに黒はいちばんよく似あう著物なのだ。千代は喪服を着るごとに美しさが冴えた」

千代が「幸田文」自身と見るなら、人妻となり苦労して、あげく、トラック運転手に乱暴されそうになる。そんな目に遭ってほしくない。まして、そのことを、迫真の名文でつづって発表してほしくない。

若いファンは、心底そう思い、なぜか、ハラハラと落涙したのである。どうやら、作品の「幸田文」さんに恋をしていたらしい。

幸田文『黒い裾』解説　講談社文芸文庫　二〇〇七年十二月十日

藤沢周平の「桐」を訪ねて ――藤沢周平

たとえば、短篇「潮田伝五郎置文《うしおだ》」の書き出し。

「霧がある。

その中で葦《あし》は、枯れたまま直立していた。骨のように白く乾いていた。葦は河原の上では、二、三十本ずつの、間隔を置く塊《かたまり》になって点在し、緩やかな岸の傾斜を這《は》いおりると、そこではじめて密集する枯葦原となって、その先は浅い川の中ほどまで延びている」

たとえば、長篇『蟬しぐれ』の初めの方の描写。

「いちめんの青い田圃《たんぼ》は早朝の日射しをうけて赤らんでいるが、はるか遠くの青黒い村落の森と接するあたりには、まだ夜の名残の霧が残っていた。じっと動かない霧も、朝の光をうけてかすかに赤らんで見える。そしてこの早い時刻に、もう田圃を見回っている人間がいた」

私は藤沢周平作品の、このような風景描写を読むたび、自分のふるさとを思い浮かべてしまうのである。これは、わが故郷、茨城県南部の、川の姿であり、田園の朝ぼらけだと思う。

むろん、藤沢氏は、ご自分の故里、山形県庄内地方のそれを描いている。引用した二作品は、藤沢氏が創作した「海坂藩《うなさか》」領の風景である。海坂藩七万石は、庄内藩十四万石のお城下、鶴岡をモデルにしている。

私が藤沢作品に、ふるさと茨城を感じるのは、その方言にもあるらしい。

やはり、海坂藩が舞台の、ミステリー時代小説の傑作『秘太刀《ひだち》馬の骨』で、主人公が義兄と会話を交わす。

「下がるどごだか」「ンだ」「ンだば、一緒に下がるか。話もある」

主人公は内輪でのみ方言を遣う。城中や外部では、標準語である。

「だいぶ、あったこぐなった」「ンだのう」

ずいぶん暖かくなった、そうだねえ、というやりとりだが、これは庄内弁であろう。しかし、茨城弁と全くそっくりである。海坂藩は、わが常陸国《ひたちのくに》のどこかの藩のように思えてならない。

しかし私が藤沢作品に郷里を感じるその大きな理由は、藤沢氏が歌人の長塚節《ながつかたかし》を書いているからに違いない。すなわち、長篇『白き瓶《かめ》 小説長塚節』である。節は、茨城の人である。かくて山形人の藤沢氏と、わが茨城とは縁が無いわけではない。

けれども、田園地帯で生まれ育った人は、誰でも藤沢作品に、自分のふるさとを感じるのではあるまいか。私の故郷の風景は、日本全国にかつてあった風景なのである。藤沢氏は特別な風景を描いたわけではない。むしろ、どこにでもあった（今は残念ながら消失した）自然のさまを、活写したのである。

藤沢氏の実に適確な叙述は、大方の人が指摘するように、二十六歳（昭和二十八年）、肺結核で入院療養中に参加した俳句会での研鑽《けんさん》が生きていると思う。主催者の奨《すす》めで投句したのが、静岡の俳誌『海坂』である。架空の藩名は、ここから借りている。ちなみに「海坂」とは、この世と海神の国とを隔てる境界をいう。古事記や万葉集で遣われている古い言葉である（北原白秋に、『海阪』という旅の歌集がある）。

ふと思い浮かべる花

『藤沢周平句集』（文藝春秋）を読んでみた。

療養時代の作を主に、百十三句が収められている。目立つのは、「桐」を詠んだ句が多いことである。

「夕雲や桐の花房咲《さ》きにほひ」「桐の花葬りの楽の遠かりけり」「桐の花踏み葬列が通るなり」「桐の花咲く邑《むら》に病みロマ書讀む」

結核は死病と、まだ恐れられていた時代である。日夜、死の恐怖と対峙していた二十代の藤沢氏が、ふと思い浮かべる花。

桐の花は、藤沢氏が幼少時から目にしていたのに違いない。案の定、『句集』にこんな句が見つかった。

「桐咲くや田を賣る話多き村」

更に氏のエッセイに、次の記述を得た。

「私の生まれた家は、敷地は三百坪ぐらいだったろうが、いろいろな木があった。辛夷《こぶし》、欅《けやき》、栗、李《すもも》、甘柿二本、渋柿三本、それに杏、梅、桜、桃、梨、グミ、イチジク、木苺《きいちご》、さらに屋敷まわりの杉、サワラ、桐、漆《うるし》などを入れると、ざっと十数種類の樹木である。

そして春から初夏にかけて、木々は待ちかまえていたように、いっせいに花をつけた。李の白い花、うす紅い杏の花、紫色の桐の花、黄色くて小さな壺《つぼ》の形をした柿の花」

やはり、生家にあったのだ。氏には格別思い入れのある木だったに相違ない。

私が生まれ育った家の近所にも、桐は植えられていた。女の子が誕生すると、どこでも何本か植樹したのである。成長が早く、娘の嫁入り道具のタンスに仕立てられた。だから大切に育てられ、木登りをすると怒られた。もっとも桐の枝は中が空洞で折れやすい。危険なので制止したのだろうが、村の人は「娘に傷がつく」と言い、嫌っていた。白い幹のすらりと高い木で、確かに結婚前の乙女を思わせる。五月頃、上品な花をつけた。

そうだ、藤沢氏が見た桐を見に行こう。藤沢ファンは、「海坂藩」の面影を慕って鶴岡市に旅行するのだが、私は藤沢氏が俳句で執着した桐の花を確かめに、氏の故郷を訪ねるのである。ちなみに氏が詠んだ桐の句は、句集に八句ある（句は今後も発見されるだろうと思う）。

「桐の花ですか」時代小説愛好家のKさんが、意外な顔をした。鶴岡行きを誘ったのである。

「庄内は東京より季節が遅いはずです。桐の花はまだ無理でしょう」

「いや、花にこだわらない。桐が見たいんだ」

「その辺にある桐とは違いますか?」

「わからない。見くらべたい」

「一泊二日で桐見物ですか。凄くぜいたくな旅ですねえ。お供しましょう。一葉落ちて天下の秋を知る、といいますね。これ、桐の葉ですよね。些細な事から大きな結果をつかむ。何かありそうだ。うん、参りましょう、いざ」

時代小説好きだけに、返事がつい古風になる。こういう旅は、思い立ったら即、実行に限る。翌日になると、馬鹿々々しくなるからである。羽田発、庄内空港行きの正午の便に乗った。平日の便というのに、満席である。観光客というより、ビジネスマンらしき客が多い。一時間弱で着く。

「どうします? 藤沢さんの生地に直行しますか? それとも『海坂』お城下を歩いてみますか?」

Kさんが訊《き》く。

「藤沢文学の原風景を訪ねる旅だから、その作品とゆかりの地を、まず歩いてみようや」

これはパンフレットのキャッチ・フレーズである。

「ではまず、鶴岡公園ですね。鶴ヶ岡城趾」

Kさんが急にはりきりだした。桐でなくて、ホッとしたのだろう。

「あれえ、桜が咲いている」

鶴岡公園に着いて、二人とも驚いた。無理もない。一カ月ばかり前に、東京で花見をすませていたのだ。

「海坂藩が舞台の小説で、桜の登場する作品はあったかしら？」

「ええと、『蟬しぐれ』に出てこなかったかな」Kさんがそう言って、すぐに否定した。

「桜が咲いているのは、映画だった。映画の『蟬しぐれ』だ」

私も、苦笑した。

「どうもね、この頃、藤沢さんの作品を語りあうとき、小説と映画がごっちゃになっていて弱るんだ。そう、それとテレビドラマ」

「これから続々と藤沢氏原作のドラマや映画が、作られるそうですよ」

「今回の旅は、映画やドラマを外そう。あくまで、文章に添って歩いてみよう」

「思いだしました」Kさんが言った。

「桜が題材の海坂藩もの。短篇に、その名も『山桜』というのがあります」

「この鶴ヶ岡城の？」

「いいえ。城下はずれが舞台の物語ですよ。墓参帰りに桜の枝を手折ってもらう女の話です。折ってくれたのが、縁談を断った相手」

「花ぐもりというのだろう。薄い雲の上にぼんやりと日が透けて見えながら、空は一面にくもっていた。ただ空気はあたたかい」

これが、「山桜」の書き出しである。私たちが鶴岡公園を散策した日も、ちょうどこの文章のようだった。

「鶴ヶ岡城は藤沢作品では、海坂城？」

「ええと、城の名称は書かれていたかなあ？　お城、城とだけだったような気がしますね」

「どうして藤沢さんは城に名を付けなかったんだろう？　白鷺城《しらさぎじょう》とか青葉城のように、美しい愛称があったら、海坂藩のシンボルとして、読者に強烈な印象を与えたと思う」

「海坂藩が特殊な藩でないことを言いたかったんじゃないですか？」

「なるほど。当り前の、目立たない、どこにでもある藩という意味か」

私は飛行機の中で読んだ、遠藤展子《のぶこ》さんの『父・藤沢周平との暮し』（新潮社）の一節を思いだした。

藤沢氏はお嬢さんに常にこう言っていたという。

「普通が一番」「派手なことは嫌い、目立つことはしない」「白慢はしない」「いつも謙虚に、感謝の気持ちを忘れない」

この精神が、海坂藩をことさら美化していないわけだ。城の規模や外見など、どうでもよいのである。

父がつくった手提げ袋

遠藤さんの父の思い出で、私が最も感動したエピソードがある。

展子さんが幼稚園に通いだした頃である。先生に明日、手提げ袋を持参するように、と言われた。園児は誰も、親が作った手提げを持っている。母を亡くした展子さんのみ、用意していない。展子さんは父に訴える。

父は「少し困った顔をして、『どれ、見せてごらん』と、先生の手提げの、表をじっとみたり、裏にひっくり返して眺めたりしていましたが、『よし！　分かった』と言いました」

翌朝、お膳の上に、父が縫ってくれた手提げ袋が置いてあった。茶色い縞の柄。

「いま考えると、父が夜なべしてつくってくれたあの手提げの生地が、父の背広の柄に似ていたように思えるのは、気のせいでしょうか」

失礼ながら、藤沢作品でしばしばおなじみの、実直な下級藩士の姿を、つい思い浮かべてしまう。藤沢さんは当時、『日本加工食品新聞』の編集者で、かたわら、雑誌の新人賞に応募している。筆名「藤沢周平」を用いだした頃である（藤沢氏は本名を小《こ》菅《すげ》留治《とめじ》という）。

ところで藤沢周平という筆名のゆえんは、何なのだろうか？　姓の藤沢は、わかる。結婚し、展子さんを生み、直後に亡くなられた夫人が、鶴岡市大字《おおあざ》藤沢の人である。周平、のいわれは何か？　どなたかが既にお調べになられており、私だけが知らないのだと思うが、私にはこの名に「普通の人」という意が込められているような気がしてならない。

教師を志して

私とKさんは桜の公園を散策したあと、庄内藩校「致道館《ちどうかん》」に足を向けた。国の指定史跡だが、無料で、聖廟や講堂などを見学できる。『蟬しぐれ』では、「三省館」の名で登場する。致道館のパンフによれば、ここでの教育の特色は、生徒の個性を尊重し、その才能を伸ばすことにあったという。知識を詰め込むのではなく、自ら考えることを奨励した。現代の教育が失った理念ではないか。

そうだ、藤沢氏も若き日、中学校の教師をしている。もともと教師を志して、昭和二十一年に、山形師範学校（現在の山形大学教育学部）に入学した。

『半生の記』に、こうある。「いい先生になって子供たちをそだてようと思った」「教師という職業は、若い私には漠然としかわからないものの、人間の可能性を引き出したり、発見してのばしたりすることで子供が少しでもしあわせになれる方向にみちびく、やり甲斐のある仕事のように思われた」。

これぞ「致道館」の理念ではないか。師範学校の一級上には、数年後、「山びこ学校」の名を全国に轟ろかせた作文教育の無着成恭《むちゃくせいきょう》がいた。

二十四年三月卒業し、四月、山形県湯田川中学校へ赴任した。鶴岡の奥座敷といわれる湯田川温泉の地である。市内からバスで、約二十分。藤沢氏の生家の近くである。

煙草は似合わない

私たちは温泉で一泊の予定だった。藤沢氏が帰省の折の常宿、九兵衛《くへえ》旅館に予約を入れてある。旅館のおかみさんが、藤沢氏の教え子なのである。

「さあ、そろそろ、桐を見に行こうか」Kさんを、うながした。

「雨が降ってきました」Kさんが浮かぬ顔をした。

「いや、雨で桐が溶けるわけじゃない」

「どしゃ降りになりそうですよ。外を歩くのは、難儀ですよ。羽黒山にも登る予定じゃなかったですか?」

「うん。藤沢さんの『春秋山伏記』。あれは羽黒の山伏だろう。羽黒山の門前町は、一キロにも及ぶ宿坊の町だそうじゃないか。ここで小説に出てくるような純粋の庄内弁を聞いてみたい」

「高い山でしょう?　桐は無いでしょうね」

「いや、霧だらけだろう」

「桐って高山にあるんですか?」

「あ、その桐かあ」

などと、らちもない会話を交わしながら、私たちはタクシーを拾った。正しくは電話で呼んだのだが、雨がひどくなってきたのである。東京と違い、そこここをタクシーが走っていない。乗ってから気がついたのだが、「禁煙タクシー」である。そして、すれ違うタクシーが皆、「禁煙」の表示を掲げている。

「やあ、鶴岡市は禁煙宣言都市ですか?」

私もKさんも、ヘビースモーカーである。

「違います。私の会社が実行しています」

我慢できますか、としきりに運転手さんが気を遣う。大丈夫、我慢できないようなら乗りやしない。

「藤沢さんは煙草を吸ったのかな」Kさんが、つぶやく。

「さあ、どうだろう。でも藤沢さんと煙草は似合わない気がする」

「そうですね。鶴岡は禁煙タクシーが似合うよ」Kさんが運転手さんにお愛想を言うと、

「そう言っていただくと嬉しいです」と喜んだ。

湯田川温泉に行く前に、「海坂藩」でおなじみの「五間川《ごけんがわ》」に寄ってもらった。本当の

名は、内川《うちがわ》である。

「それじゃまず三雪橋《みゆきばし》に参りましょう。『蝉しぐれ』に出てきます」運転手さんは商売柄、藤沢作品に詳しい。

「ちょうどいい季節ですよ。カメラは持っておられます? 絵になるんですよ。川っぷちの柳の緑。植え込みの連翹《れんぎょう》の黄。それに朱塗りの橋。川は一面桜の花びらでおおわれています」

実際、その通りだった。

道ばたに咲いた花

湯田川に向ってもらった。藤沢氏が愛された温泉。旅館に荷物を置く。専務さんが藤沢氏ゆかりの場所に車で案内してくれるという。恐縮しながら、ご厚意に甘えた。

まずは、藤沢氏の生家跡である。

車は家々が点在する田園の中を走る。

「閑古啼くこゝは金峰の麓村」『藤沢周平句集』巻尾の句。

「藤沢さんは漢字では踊り字を遣わないけど、句のかなは踊り字だね」Kさんに語りかける。同一の漢字やかなを重ねる符号で、たとえば、代々の庄屋というように書く。ところが藤沢氏は代代の庄屋と表記する(例外はある。たとえば短篇「だんまり弥助」では「早々に引き揚げて行った」と記している)。藤沢氏の表記が正しいのだが、文春文庫『玄鳥』の解説者、中野孝次氏は、唯一これが気になる、と指摘している。

俳句では、「暮る丶」「か丶げ」「觸る丶」「こ丶も」「つ丶む」「こ丶ら」と皆、踊り字である。このようなこだわりには、意味があるに違いない。今後の研究課題だろう。

「ここです」専務さんが車を止めた。

いかにも、昔の村といった風の、のどかな集落。

「藤沢周平生誕之地」の碑がある。生家の跡地で、一面の草原である。一本の木があるが、桐ではない。原っぱには紫色の花が咲き乱れている。咲ききったレンゲの花か、と思っていたが、近寄ってよく見ると、レンゲではない。紫蘇《しそ》の葉と花を、うんと小さくしたような植物である。匂いは、無い。私は一本ちぎって専務さんに訊いた。「さあ、何の花だろ?」首をかしげた。

「そこいらの道ばたに咲いていますが、名前までは。すみません」と恐縮する。

「昔から咲いている花ですか?」

「子どもの頃から見ていますけどね」

それなら藤沢氏も見ただろう。

湯田川中学校に行った。藤沢氏は最初二年生を担任し、五カ月後、一年生を受け持った。翌年、二組に分かれた二年生のA組を担任した。従って藤沢先生に二年続けて教えられた児童が、約半分いたわけだ。翌年三月、学校の集団検診で肺結核とわかり、休職、上京して手術を受け療養生活に入った。復職しなかったため、二年そこそこの教員生活であった。

校舎の前に（この学校には塀が無い）、藤沢周平文学碑が建っている。唯一の文学碑である。教え子たちから望まれた時、藤沢氏はかたくなに拒んだ。「普通」でいたかったからである。先生と生徒であった私たちを結ぶ絆を形にしたものが何も無いのは寂しい、と訴えられて、やむなく承諾した。四カ月後、氏は亡くなられた。六十九歳だった。碑には、『半生の記』の一節と、「花合歓《ねむ》や畦《あぜ》を溢る、雨後の水」の句が刻まれた。

「ああ。溢る、と踊り字ですね」Kさんが言った。

碑から少し離れて、二宮金次郎像が建っていた。薪《まき》を背負って本を読みながら歩いている像である。何か久しぶりに出会ったような気がする。台石には、「昭和十六年建立」と彫られてあった。してみると、藤沢先生も毎日この像を目にされていただろう。

なつかしい光景

作品「紅の記憶」のモデル寺という井岡寺《せいこうじ》に案内された。樹齢四百年の枝垂れ桜が満開で、たくさんのアマチュアカメラマンがレンズを向けている。花を愛《め》でる人たちなら、あるいはと思い、手にした例の野草の名を訊いてみた。「やあ、それ、踊《おど》り子草《そう》だよ」あっさり教えてくれた。

「踊り子草というんですか」肩の荷をおろしたような気分だ。この野草は、私の田舎には無い。

旅館に戻り、藤沢氏が長塚節に触れた文章を読んだ。

「節は茨城のひとである。私は山形の農村の人間である。だが節の短歌には、なぜか私が見た少年のころの田園の風景、畑道や田の畦、目だかの群れる小川、表の街道を行く荷馬車など、そこにまだ明治、大正という時代が影を落としていたそういう風景を、いまも私の中に甦《よみがえ》らせる力があるようである」

藤沢文学にも、そういうなつかしい光景がありはしないか。風景だけではない。人情、言葉遣い、処世の作法、身の律し方、等々。私たちは失われてしまった古き良き日本と日本人の姿を、藤沢作品に見る。

湯田川温泉は四十四度、無色のなめらかな、とてもよい温泉である。長湯しても、のぼせない。浴後の気分が、すこぶるよろしい。藤沢作品の読後の感じに似ている。旅館の食事も見た目は質素だが、味は贅沢である。これも藤沢作品に共通する。

食後の散歩がてら、町のスナックに入った。宿泊客の老人が歌っている。酔っているらしく、宿の浴衣に裸足である。私たちの知らない歌謡曲であった。タイトルを訊くと、「紅の記憶」という。私とKさんは顔を見合わせた。まさか、スナックで、藤沢文学と出会うとは思わなかった。もちろん、題が同じなだけで、藤沢氏とは関係ない。しかし、なつかしいような節回しであった。

『月刊現代』二〇〇七年八月号

漱石夫人の手紙　――あとがきにかえて

昨年は夏目漱石が『彼岸過迄』を刊行してから百年、今年は講演集『社会と自分』を出版して百年になる。来年が『こゝろ』と『行人』、さ来年が『硝子戸の中』と『道草』、そして次の二〇一六年が、漱石歿後百年に当る。翌年が、生誕百五十年である。これで今世紀前半の「漱石記念年」は、一応終ることになる。

昨年、鎌倉漱石の会が結成五十周年を迎え、記念に全国の高校生から、漱石作品の読書感想文を募集した。鎌倉は二十八歳の漱石が参禅のため滞在した土地である。円覚寺の帰源院境内にその記念碑が建てられた。建碑は地元の漱石ファン有志によるものだが、これをきっかけに会が結成され、以来、毎年この会は研究者を招いて講演会を開いている。私は研究者ではないが、漱石のことをよく書いているので、一度講演を頼まれた。

高校生の感想文コンクールの審査員にも声をかけられた。

二十一世紀を生きる高校生諸君は、百年前の文豪をどのように読むのだろうか。大いに興味があって、喜んで引き受けた。

漱石の言葉は、現代の若者の心意に適《かな》うだろうか。全くの、取り越し苦労であった。コンクールには、九六四点もの感想文が寄せられたのである。しかも、どれも皆すばらしかった。真剣に、自分の意見をまとめている。『こゝろ』を取り上げた人が多かった。親友。恋の葛藤。裏切り。苦悩。告白。自殺……これらの設定が、十代の好奇心に、やはり訴えるのだろう。

私は『こゝろ』の結末が、いかような感想をもたらしたか、にそそられた。Kや「先生」の自殺については、東日本大震災を踏まえて命の大切さを説き、否定的な意見が圧倒的だった。

私は別に、肯定する意見を期待していたのではない。むしろ、あったらどうしよう、とびくついていたのである。だから、ホッとした。漱石は自殺を描いたが、自殺を否定した人なのである。

若い人たちに漱石の奥深さ、面白さを知ってほしくて、本書をまとめた。いわば、漱石入門書である。自慢できる内容ではない。唯一、多少なり誇れるのは、「漱石夫妻の手紙」である。

漱石夫人の手紙は、これまで取り上げられることがなかった。漱石研究に重要な手紙であるのに、市場に流通することがなかった。捨てられてしまったものと思われる。今からでも遅くはない。こんなにも貴重な資料なのだ、と認識していただくために、私の目に触れた何点かを、いわば見本として紹介した。

ここに、その後ある人から拝借した未発表の夫人のはがきがある。

明治四十三年九月、大患の漱石を修善寺温泉に見舞った夫人が、東京・麹町中坂上の望遠館にいる松根豊次郎に宛てたはがきで、二十七日午後五時から八時の間に、静岡・修善寺局より投函、翌日の午前八時から九時に麹町局を経由し、同日午前十一時から十二時に九段局が受け取って、松根に配達したものである。昔の郵便は、差出し局と配達局の双方が消印を押しているから、経路と扱い時間が明確で何かと便利である。消印もていねいだから、読み取りやすい。仕事がぞんざいでなかった証拠である。

九月二十七日当日の漱石の日記に、午後、夫人が森成医師らと近くの滝を見に行ったことが記されている。滝見学から帰って、夫人ははがきを認《したた》めたのだろう（原文は句読点無し）。
「先日は失礼致しました。その後は御変りもありませんか。相変らず御いそがしい事と存じます。病人もだん〳〵とよくありますから東京へ連れて行かうと思《おもい》、二十四日、宮本博士と杉本さん（注・長与病院副院長）と来てもらつて診察の上相談しやうとしたら、今二三週間はこちらで養生するやうと云われました。其上東京の病院へ便を遣《や》つて試験をして全く血便のなくなつたら帰京するやう、只その後病院に帰れとお許しの出る迄は、当地に滞在と成ませう」

当夜、漱石は便通二回あり、はがきの文面の如く、一回分を東京の長与病院に送った。三十日に検査結果が知らされた。血の反応はなかった。修善寺温泉を出立し上京、長与病院に入院したのは十月十一日である。八月六日に静養に来て二日後、胃けいれんの発作で臥床《がしょう》、二十四日に吐血し危篤におちいり、約二カ月間、床を離れることがなかった。東京での治療を望んだのは夫人であることが、はがきから読みとれる。

作家の研究においては、夫人のみならず家族のなんでもない書信が、時に重要な証言を果すことが、この一葉からおわかりだろう。作家が夫人に送った手紙は公開されるけれど、その逆は少ない。一考すべきだ、と思う。

出久根達郎

二〇一三年四月八日

著者について

出久根達郎（でくね　たつろう）

１９４４年、茨城県生まれ。作家。１９７３年より古書店「芳雅堂」（現在は閉店）を営むかたわら文筆活動に入る。１９９２年『本のお口よごしですが』で講談社エッセイ賞を、翌年『佃島ふたり書房』で直木賞を受賞。他に『古本綺譚』『作家の値段』『日本人の美風』『人生の達人』『隅っこの四季』等多数。

七《なな》つの顔《かお》の漱石《そうせき》

二〇一三年五月二〇日 初版
二〇一三年五月三〇日 二刷

著者　出久根達郎
発行者　株式会社晶文社
東京都千代田区神田神保町一―一一
電話（〇三）三五一八・四九四〇（代表）・四九四二（編集）
URL http://www.shobunsha.co.jp

編集協力　風日舎
印刷・製本　モリモト印刷株式会社

ISBN978-4-7949-6902-6　Printed in Japan